ROBERT

MAXIMILIAM

ROMAX

UN HOMBRE DE CORAZON

Edición 2018 – Amazon.

ROMAX «UN HOMBRE DE CORAZON»

ISBN 978-1-988475-68-4

Romax

es

Una historia de amor

"Los sueños nunca mueren, quizás duermen o se esconden pero al final despiertan y comienzan a volar. El amor de un sueño...es eterno."

Robert Maximiliam

Esta obra está dedicada con mucho cariño a:

Karla Carranza, mi esposa, el amor de mi vida;
Roberto Herbert Maximiliano, mi hijo, un regalo de Dios.

Nota importante:

«Todos los personajes y nombres o sobrenombres son producto de la imaginación del escritor, cualquier parecido, es coincidencia. Mil disculpas a toda persona que se sienta señalada o interpelada por mis personajes»

Robert Maximiliam

INDICE

*"Como quien descubre un nuevo amor
que le da fuerzas de luchar,
acepta su verdad
y decide caminar las huellas del hoy...
¡Así nace un nuevo hombre en el amor!"*

UN HOMBRE DE CORAZÓN

Tercera Parte

Prólogo

De nuevo, los sobrinos viajeros emprendían otro vuelo hacia lo desconocido y, como siempre, en sus maletas no llevaban tanto equipaje, simplemente lo necesario para el camino: una maleta de ropa y otra de libros. La vida les había puesto en la misma situación por segunda vez, la primera había sido el viaje a la capital, San Salvador.

Por su parte, Romax parecía resignado a la situación y aceptaba de buena manera su destino. En cierta forma, parecía que la vida se empeñaba en mostrarle una faceta que no comprendía completamente; ese viaje le daba otra oportunidad para comenzar de nuevo, de cero o enderezar su marcha. Era curioso ver como la vida le jugaba de manera contradictoria; es decir que cuando todo parecía comenzar a ir bien, de la noche a la mañana la tortilla había dado vuelta y así viceversa. "Es frustrante comenzar una y otra vez del inicio", pensaba el chico en ese momento. Pero luego, con el pasar del tiempo, comprendía la verdad detrás de una decisión de amor.

Como le sucedía normalmente, las puertas se abrían al mismo tiempo y siempre lo ponían en conflicto de intereses. Nunca venían solas las oportunidades, como deseando que confirmara una decisión. Por eso, en esa ocasión, le llamaron de una empresa multinacional para saber si estaba interesado en hacerse cargo de una sucursal en el país vecino de Honduras. Efectivamente, la decisión de marcharse había sido tomada una semana antes y no había vuelta de hoja, la respuesta fue negativa a la multinacional. Y para colmo de males, como dicen, "para sellar con broche de oro las olimpiadas", una amiga a quien siempre había visto con buenos ojos le declaró su amor secreto.

Una realidad se imponía en su decisión, su situación personal pasaba a segundo plano cuando se trataba de su familia; es decir, sus hermanos. La guerra civil no declarada que vivía la nación desde los inicios de los años setenta, había minado la confianza en su tierra natal. Él sabía que su futuro estaba al exterior de las fronteras patrias y, sin buscarlo, éste se conjugó perfectamente alineando todos los elementos para llevarlo a poner rumbo norte en su vida. El hecho que él y sus hermanos fueran estudiantes universitarios, estuvieran viviendo solos y tener muchos amigos de su misma edad, los convirtió en futuros acreedores de amenazas y persecuciones por parte de la fuerza armada.

Muchas veces, el estar metido en la hoya no permite darse cuenta de que uno se está quemando. En su caso, Romax se estaba cocinando a fuego lento y él sentía el mal olor que se desprendía de su situación. Un estrés interior lo iba consumiendo en su alma y un descontento consigo mismo lo intranquilizaba demasiado. No tener control sobre sus actos y no saber con exactitud que pasaría al salir por la mañana al trabajo, le provocaba una cierta rabia con la situación que estaba viviendo. "Una persona debe de tener el privilegio de sentirse libre y soberana de su vida", se repetía a sí mismo como una frase que le invitaba a buscar otros horizontes.

Al sentir el avión comenzar a alzar vuelo, experimentó que un peso espiritual caía de su alma y quedaba abstracto en las líneas de humo que dejaba la nave al volar. Miraba hacia atrás y observaba, en silencio, cómo se alejaba lentamente de lo que hasta ese momento era su terruño querido. Interiormente, se despedía de su patria y su alma decía adiós, porque en verdad, no estaba en su mente volver a poner sus pies sobre ese pedacito de amor, al menos a corto plazo.

3.1 Un nuevo comenzar

Romax, mientras flotaba por los aires, pensaba y reflexionaba sobre lo que había sido, era y posiblemente sería su vivir. "La vida siempre nos reserva sorpresas en nuestro caminar", decía y continuaba. "Siempre nos propone alternativas diversas; puertas por dónde salir. Por lo general, cuando se presenta una solución que desde toda perspectiva es la correcta, aparecen otras que a primera vista son mejores, únicamente con el propósito de probar la firmeza de una decisión. Hoy se está aquí, mañana no se sabe dónde se amanecerá. Uno cree que es el dueño y señor de su propia vida, pero al final nos damos cuenta de que no somos dueños ni de nuestros propios sueños. A veces, es necesario golpearse duro para saber que no era ese el camino correcto; caer al fondo del precipicio para dejar de creerse un dios; descubrir que se es un simple y pequeño ser humano, con muchos defectos, para encontrar en la simplicidad de la vida, su verdadero sentido.

No todos sabemos lo que queremos ser, pero sí sabemos lo que no queremos ser; así hemos comenzado a descubrir lo que seremos. Porque a veces, lo visible no es siempre la verdad y ésta, no necesariamente tiene que ser invisible. La verdad muchas veces se viste de pordiosero para que la mentira con su traje de primavera le dé su verdadero sentido, que no es ser limosnero. Dios escribió en las páginas de la vida el camino que cada persona debe seguir; solamente que nos cuesta entender la escritura con la cual Él nos lo muestra, o simplemente nosotros queremos inventar nuestro propio destino. Hay muchos caminos para llegar a Roma, pero solamente uno para ser completamente feliz; el resto estará combinado de fracasos y triunfos según los principios de vida que adoptemos.

Medir el amor de Dios con el poco amor que acoge nuestro corazón es como querer explicar la grandeza del mar con un poco de agua en nuestras manos. El hombre es capaz de deslumbrarse por las maravillas que nos muestra la naturaleza, pero es incapaz de descubrir las maravillas que se esconden en su propia vida. Nos empeñamos siempre en prepararnos para un mejor futuro y nos olvidamos de vivir el presente, sin saber que en el presente está la clave para mejorar el futuro. Perdemos tiempo pensando en lo que dejamos en el pasado porque de ahí no se moverá; tenemos que aprender a escuchar a nuestro corazón, porque donde está éste ahí estará la primavera. Nunca debemos dejar de buscar, de querer aprender de la vida, porque ese es el único camino que nos llevará a encontrar a nuestro verdadero Dios.

Para ser adultos tenemos que aprender a ser niños; para ser fuertes, haber sufrido; para mejorar, haber fracasado; para enseñar, haber sido alumno; para dirigir, a obedecer; para hablar, primero hay que escuchar; para valorar lo que se tiene, que se pierda; para buscar a Dios, sentir su necesidad, y para resucitar, aprender a morir. Tenemos que ser como el río, fuerte y frágil a la vez. Corre, salta y se detiene, pero nunca olvida su objetivo final: el mar. En nosotros, es Dios.

Yo escribo versos que nunca canto porque son el encanto que guarda mi alma. Ni recito poemas que he escrito porque son mis dilemas que callan mi canas. Elevo mis ojos al cielo buscando una estrella que pueda seguir. Mis manos abiertas al mundo preguntan con miedo ¿qué debo hacer? La vida se me escapa entre los dedos, no encuentro remedio para la soledad. Me encuentro clavado en mi mundo y en cada segundo, siento que muero un poco más. Abro las puertas de mi alma, respiro profundo y me dejo inundar. Se llenan mis ojos de agua, un río quiere desbordar. Mi barca rema mar a dentro, las olas la llevan pero no sabe a dónde va. Me siento como una pequeña espiga que el viento ha querido sacar a volar."

Romax se dejaba inundar por las frases que se habían convertido en huellas de su caminar, huellas que sus antepasados habían plasmado con mucha caridad. El temblor del avión, que comenzaba a descender, le avisaba que aún estaban en el aire; su corazón parecía subirle hasta su cuello y varios pensamientos negativas salían a molestarle. La idea de la muerte le llegaba de súbito a su espíritu.

Sonreía y pensaba: "siempre las primeras veces son dolorosas". Era la primera vez que se subía a un avión. El aparato, al entrar en la atmósfera cargada de nubes blancas que se deslizaban por el avión como acariciándolo, comenzó a temblar como alguien que tiene miedo. Todos se sintieron mal y se pusieron inquietos. Romax, se agarraba muy fuerte de las manos de su asiento y, como todo católico en apuros, se acordaba en ese momento que Dios existía y las oraciones aprendidas por tradición salían en su auxilio: "¡Señor, no nos abandones! ¡Padre Nuestro que estás en el cielo…" Rezaba con mucha devoción y se santiguaba.

Los cinco iban nerviosos, no sabían lo que el destino les guardaba a la vuelta de la esquina. Lo único que sabían era que estaban juntos y que pasara lo que pasara lo sufrirían juntos.

El avión aterrizó en el aeropuerto de Miami sin mucho inconveniente, de igual manera como lo había hecho en Belice. Todos los pasajeros salieron del avión y quedaron solamente aquellos que iban con el organismo de las Naciones Unidas. En la puerta, les estaba esperando un contingente de agentes de seguridad. Unas señoritas les dieron una bolsa de plástico que tenía las siglas de "OIM". Luego, los escoltaron a un gran salón e hicieron que se sentaran a lo largo de una pared. Los agentes de seguridad se colocaron formando un cordón alrededor de ellos. Romax y sus hermanos se sentían como prisioneros de guerra, y se preguntaban sí la decisión de salir del país había sido la correcta. Ahí estuvieron como tres horas, luego las mismas señoritas los llevaron a las oficinas de inmigración de los Estados Unidos. En ese lugar, firmaron unos papeles que, según decían, eran los documentos de la residencia de los distintos países a los cuales se dirigían. La mitad iba para Australia, la otra parte para Suecia y solamente dos familias para Canadá, entre las cuales iba la de Romax.

Después de pasar la inmigración norteamericana, cada grupo se fue para los lugares de abordaje de sus respectivos aviones. Romax y sus hermanos se vieron confinados a unas salas de espera, porque el avión que los llevaría a su nuevo país, saldría por la noche.

Despegaron a eso de las veinte horas y llegaron a suelo canadiense, al aeropuerto de Toronto, a media noche. Ahí, por ser el primer lugar de llegada, tuvieron que firmar documentos y pasar una batería de entrevistas por separado. A eso de las tres de la mañana, los llevaron a un motel que estaba cerca del aeropuerto para que descansaran. Luego, al día siguiente, los llegaron a traer después del mediodía y los condujeron de nuevo al aeropuerto. Una familia se fue rumbo a Vancouver y Romax con sus hermanos hacia Montreal, que quedaba a una hora de camino. Nadie les explicó nada referente a la siguiente parada, suponían que alguien debería estar esperándolos, como hasta ese momento había sucedido.

Cuando iban llegando a la ciudad de Montreal, el panorama era muy desalentador; una masa blanca cubría las casas y los árboles, todo parecía gris y muy triste. Romax se preguntaba y decía: "¿Es aquí adónde he traído a mis hermanos?" La duda se le instaló muy fuerte dejando un malestar en su alma.

Después que aterrizaron, se unieron al grupo que iba en el avión y se dirigieron a buscar sus maletas. Todas estaban allí, pero nadie los estaba esperando. Ese alguien que supuestamente los esperaría, brillaba por su ausencia; no se presentó para darles la bienvenida. "¡Algo anda mal!" —Se dijo Romax. El rostro del resto de la familia apuntaba en la misma dirección, duda y confusión.

Después de media hora de esperar en la sala de la salida de las maletas, se comenzaron a preguntar qué era lo que pasaba. Romax tomó la iniciativa y decidió pedir información en alguna parte. Como habían salido por donde llegaban los vuelos nacionales, se dirigió a la parte de los vuelos internacionales.

El joven se decía mientras caminaba: "¡Preguntando se llega a Roma! Alguien tiene que saber lo que pasa o indicarme el lugar al cual debemos llegar". Luego pensó: "en todos los lugares públicos hay oficinas de información, aquí no debe de ser diferente." Comenzó entonces a buscar las indicaciones que adornaban las paredes para dirigir a los viajeros, sobre todo los dibujos que tenían la característica del lenguaje universal: unas personas, los baños; unos cubiertos, los restaurantes; un cigarro encendido, sala para fumadores; un signo de interrogación para la información. Este último signo era la clave que andaba buscando.

Se dirigió entonces a la oficina de información donde, por cierto, estaba una linda rubia de ojos azules que impactaron al muchacho. Al estar frente a ella, pasó algo inesperado; no encontró las palabras correctas para preguntar por la oficina de inmigración. En su tartamudear, sólo logró decir "¿Inmigración?", varias veces. La recepcionista, que estaba muy ocupada, le soltó una ráfaga de palabras incomprensibles para su oído y le señaló con su mano una dirección al fondo de un gran corredor.

Ella dijo: "¡Excusez-moi, mais je ne comprends pas votre demande!, mais si vous cherchez le bureau d'immigration des

États-Unis parce que vous voulez quitter le Canada, ce là-bas!" La Joven le hablaba en francés y le dijo que no le comprendía, pero que si se dirigía a Estados Unidos era siguiendo cierto corredor.

Romax que ya estaba impresionado por la belleza de la mujer, quedó más perdido que un náufrago en el centro del mar. Lo único que hizo fue sonreír y seguir la dirección del dedo de la chica. Mientras caminaba, pensaba: "¡No le entendí nada! ¡Qué inglés más raro!"

Ella lo envió hacia una entrada en donde se encontraba una mujer policía pidiendo los papeles para entrar a país de los gringos. Éste dejó pasar la gente que estaba haciendo cola para preguntar más discretamente lo que andaba buscando. De igual forma, todo el inglés que había aprendido en la escuela y el bachillerado se había esfumado de su memoria, no se recordaba de nada en ese momento. Se limitó entonces a pronunciar la palabra "inmigración". La agente de aduanas, muy seria y en cierta forma estresada, le habló tan rápido que el joven se quedó cogiendo palomitas en el aire.

Éste volvió a la carga y trató de armar una frase correcta en inglés, pero una ola de nuevos viajeros llegaron al lugar. El agente les dio prioridad y apartó a Romax para atenderlo luego. Después de unos minutos, para suerte del chico, el último de la fila era un argentino y la mujer al verificar el pasaporte, tuvo la iniciativa de pedirle que tradujera lo que éste deseaba averiguar. Fue el chico quien le dijo que lo habían enviado a la puerta equivocada porque ahí era para salir del país y no para entrar, lo remitió de nuevo a la recepcionista que daba información.

Romax, un poco enojado, se regresó al lugar indicado, pero esta vez la belleza de la chica pasó a segundo plano. Más tranquilo, agregó otras palabras a su vocabulario: "¡I need to go to inmigración Canadá, please!", le dijo con un acento muy marcado.

Por una extraña razón que más tarde comprendería, ésta no hablaba inglés muy bien, pero que supo descifrar que él necesitaba ayuda y sólo hablaba español. Pidió por los parlantes a alguien que hablara español entre sus colegas, pero en ese momento nadie estaba disponible. Le dijo de esperar un rato mientras alguien se desocupaba.

Como a la media hora, se presentó un señor que hablaba portugués y según él, español. Entre medio español y medio portugués, se hicieron comprender y éste lo llevó a las oficinas de inmigración Canadá.

A todo esto, había pasado una hora de tiempo y los hermanos se habían desesperado. Cuando Romax regresó por ellos, éstos habían desaparecido. Afligido y angustiado comenzó a buscarlos de arriba abajo y de izquierda a derecha por todo el aeropuerto de Montreal. Éste empezó a imaginarse mil y una situación, pero entre corriendo y buscando se encontraron a la media hora. Parecía que estaban jugando al gato y al ratón. Medio enojado, Romax les pidió que no volvieran a hace eso porque la próxima ocasión quizás no tendrían suerte, era necesario respetar las consignas que se daban.

En la oficina de inmigración de Canadá se dieron cuenta, después de hacer varias llamadas telefónicas, que la persona que debía darles la bienvenida los esperaba en un hotel de la ciudad. Ésta pensaba que les habían dado esa información en Toronto. Los mismos agentes de inmigración se ocuparon de subirlos a varios taxis de color negro y de mucho lujo, eran unas limosinas como las que usan las estrellas de cine. Éstos tenían el mandato de conducirlos al centro de la ciudad y dejarlos en la puerta del hotel "Europa".

Eran tres vehículos porque las maletas eran demasiadas pesadas y no cabían en uno solo. Al principio no se querían separar por el miedo a perderse de nuevo, pero aceptaron porque no les quedaba otra alternativa. Desde que se subieron a los autos trataron de mantener el contacto visual a través de los vidrios ahumados. Las mujeres iban en el primero, los más pequeños en el segundo y Romax en el tercero. Al inicio, los carros salieron uno detrás del otro, pero en el camino se separaron por el tráfico y esto ocasionó que al final todos terminaran con el corazón en la mano por tanta angustia.

Cuando llegaron al hotel se encontraron de nuevo en el lobby del edificio; fue hasta ese momento que la calma llegó a sus vidas. En ese lugar los estaba esperando un agente de inmigración con papeles y un traductor de origen chileno. A las mujeres les dieron una habitación doble, a los más pequeños otra igual y a Romax una individual. El hotel estaba en reparaciones exteriores, pero por dentro era muy moderno, tanto así que no se utilizaban llaves para las puertas, sólo una tarjeta electrónica. Ese día se acostaron a eso de las once de la noche, cansados y sin saber lo qué les esperaba la mañana siguiente.

Después de eso, el tiempo se fue deslizando tranquilamente entre citas, papeles y turismo. El mes que les habían dado para vivir e instalarse en el hotel ya se estaba cumpliendo y no habían encontrado un apartamento para alquilar porque los dueños les pedían recomendaciones para asegurar el pago. De igual manera, el gobierno provincial no podía inscribirlos para los cursos de francés porque necesitaban una zona de residencia para buscar la escuela más cercana.

La primera etapa de la inmigración era la instalación en la nueva sociedad y esta comprendía: buscar apartamento, inscribirse a los cursos de lenguas, obtener la carta de residencia, de salud y de trabajo, amueblar la vivienda, obtener información sobre la profesión y la sociedad, realizar los trámites para la ayuda financiera que daban para sobrevivir mientras se encontraba un trabajo y establecer un plan de acción a corto. La segunda etapa era la adaptación a la sociedad y ésta comprendía conocer la cultura, el sistema de educación, el sistema de trabajo y un esfuerzo personal. Éste último era el más importante al inicio porque dependía mucho del plan de inmigración por el cual habían salido de su tierra, la motivación, las expectativas personales, la formación y educación, las presiones financieras, el ego, la apertura de espíritu y el deseo de superación.

Supuestamente la instalación duraba más o menos tres meses, el tiempo de recibir la tarjeta de salud, y la adaptación hasta que la persona pudiera encontrar un trabajo en su profesión o en algo que le diera una estabilidad financiera para poder valerse por sí misma.

La adaptación a la nueva sociedad se tenía que hacer de diversas maneras y con una gran apertura de espíritu. La falta de conocimiento de las costumbres, leyes y reglas eran los obstáculos más grandes, los muros invisibles estaban a la orden del día. A pesar de que el racismo y la discriminación estaban penados legalmente en Canadá, los chicos se dieron cuenta rápidamente que la gente lo hacía de manera indirecta, por ejemplo: al tratar de comunicarse siempre les decían que no les entendían y si cambiaban al idioma inglés se enojaban porque parecía que los insultaban; lo raro era que con los profesores o con los mismos inmigrantes se comprendían de maravillas.

Al inicio a Romax le provocaba mucha irritación, pero al conocer la historia de la provincia comenzó a comprender a los habitantes aunque no compartía su manera de actuar. Era normal que trataran de protegerse, pensaba, porque en cierta manera se veían invadidos por extranjeros y el miedo a perder sus costumbres, lenguas y raíces los hacía reacios a la aceptación, pero una verdad empujaba al gobierno canadiense a actuar así: la población envejecía y el nivel de natalidad era muy bajo, la supervivencia dependía mucho de la cantidad de inmigrantes que pudieran hacer llegar.

Todos tenían que hacer un duelo de su país y de su profesión, adaptar sus expectativas y planificar su vida. Los chicos duraron varios meses para aceptar que ya no estaban en su país, ellos siempre estaban pendientes de lo que pasaba en su tierra y desde la distancia trataban de arreglar cuanto podían. Uno de los amigos que les ayudó a conseguir apartamento les dijo un día "ubíquense" porque estaban con un pie adentro y el otro afuera. De esa manera comprendieron que mientras más se obstinaran a permanecer atados a su pasado más difícil sería su adaptación. Varios de ellos comenzaron a ver hacia delante.

Uno de los primeros obstáculos fue el aprendizaje del idioma francés porque la comunicación era básica para alcanzar cualquier meta que se propusieran, trabajo o estudios. El reconocimiento de la educación recibida fue un golpe moral para la mayoría de los hermanos, menos para Romax porque le reconocieron sus estudios completamente por el simple hecho de haber obtenido su diploma universitario; al resto les dieron estudios de nivel colegial.

Romax, por su parte, lo tenía bien claro: buscar trabajo. Él estaba cansado de estudiar y quería poner en práctica todo lo que había aprendido. De ese modo hizo su hoja de vida y comenzó a enviarla a cuanto puesto consideró estar capaz de realizar, pero las respuestas fueron mínimas. A primera instancia creyó que era porque aplicaba a puestos de jefatura, pero al ir descendiendo en la jerarquía organizacional del empleo se dio cuenta de que el resultado era el mismo. El conocimiento de la cultura tenía mucho que ver en ello, en su país el objetivo de enviar una hoja de vida era que el empresario se diera cuenta de inmediato que la persona que aplicaba tenía muchos estudios, conocimientos, experiencias y era una excelente persona, hasta una fotografía se agregaba para demostrar que tenía también buenos atractivos físicos. La nueva sociedad tenía otra manera de pensar y actuar, el objetivo de la hoja de vida era obtener simplemente una entrevista. Por esta razón, se tenía que adaptar según las condiciones del puesto para indicar que cumplía los requisitos pedidos. En la entrevista era que la persona debía sacar todo su arsenal porque de eso dependía la obtención del trabajo, es decir: el buscador de empleo debía saber venderse para demostrar que era la persona idónea para el puesto a llenar.

Al final, Romax encontró en una manufactura como trabajador general, luego desfiló por varias empresas en trabajos similares hasta que encontró en una empresa de exportación como responsable de pedidos, ahí duró varios años.

La adaptación a la cultura tenía pequeñas sutilezas, por ejemplo: cada estación del año necesita una vestimenta diferente. En esa época era primavera, se vestía bastante ligero, pero con la precaución de tener un suéter o una chumpa. Los chicos tenían unos abrigos que solamente se usaban en invierno; por esa razón la gente se les quedaba viendo de manera extraña y comprendían que eran visitantes o recién llegados. Las noches de primavera eran frías para la temperatura que ellos estaban acostumbrados en su país tropical. Según les dijeron, el verano era muy caliente y todo el mundo se vestía con ropa ligera; el otoño era lluvioso y frío; el invierno era extremadamente helado, el frío, según los comentarios, entraba por los pies, las manos y la cabeza, tres lugares a cuidar con mucha cautela porque una neumonía era fatal.

Algo que fascinó a los nuevos emigrantes fue el tren y la ciudad subterránea, la gente se movía como topo por todos los túneles saliendo a la luz del sol en diferentes comercios, según sus gustos. En Montreal, el tren subterráneo tiene el nombre de "Metro" y todos sus vagones son de color azul, aunque sus cuatro líneas de servicio están identificadas por diferentes colores: azul, verde, naranja y amarillo. Todas las rutas de los buses llegan a una estación del tren por lo que facilita el movimiento y su puntualidad es casi perfecta, sobre todo en invierno.

Una de las cosas que fue difícil aceptar en la nueva sociedad fue la diversidad cultural del país. Casi todas las culturas convergían en ese lugar; por las noches en la famosa calle "Sainte Catherine" desfilaba medio mundo porque era una arteria muy dinámica. Los chinos, árabes, hindúes, japoneses, europeos, africanos, latinos e indígenas se mezclaban de manera armoniosa. Era curioso ver las parejas que aparecían caminando: un negro con una blanca, un chino con árabe, una latina con un europeo y muchas más, pero lo que llamó la atención fue la aparición de homosexuales y lesbianas que se besaban como una pareja normal. En sus principios y costumbres eso era inconcebible e inclusive les dio repulsión, pero la habitud les hizo superar ese prejuicio de sociedad.

La moda vanguardista en los jóvenes estaba a la orden del día, es decir que los aretes en las orejas, narices y labios comenzaban a verse en cualquier tipo de muchacho; los cabellos de distintos colores y estilos se conjugaban con ropas caras que antes utilizaban los pordioseros o las prostitutas. Los tatuajes estaban comenzando a verse en los brazos de los hombres y cerca de los pechos en las mujeres.

En Montreal, llamada por muchos "la ciudad de la perdición", las noches terminaban muy tardes porque los bares y discotecas amanecían hasta las tres de la mañana; las bebidas alcohólicas eran consumidas fácilmente por los jóvenes y las drogas, como la marihuana o la cocaína, se podían obtener sin mayor problema por las calles o callejones. Por su lado, Romax le llamaba "la ciudad angelical" porque ahí se daban cita las mujeres más lindas del planeta que salían como ángeles en libertad desfilando sus mejores curvas. Las minifaldas y los escotes no dejaban a ningún hombre indiferente.

En sus inicios, a nuestro héroe le fue difícil aceptar que en un lugar del planeta hubiera tanta paz y tranquilidad; y en otro, la gente se estuviera matando por ideales políticos. Por eso, a pesar que amaba a su terruño querido no deseaba volver a poner un pie en él porque la impotencia de realizar algo en su favor era muy grande. Con un gran dolor en su alma bajaba la mirada, tragaba grueso y empuñaba su mano en señal de resignación, pero en el fondo una mínima esperanza le decía que un día, tal vez, podría hacer algo para regalarle una sonrisa a su amada tierra natal.

La gente les contaba que en la primavera no hacía frío y, por lo tanto, Romax y sus hermanos temblaban todo el tiempo. Ahí los años se contaban según los inviernos que se vivían, porque era algo a descubrir. El primer día en Montreal cayeron unos diminutos copos de nieve que al entrar en contacto con el suelo desaparecieron. Para los jóvenes fue una novedad porque solamente los habían visto en la televisión, pero para los habitantes se convirtieron en un mal recuerdo, el invierno pasado aún estaba presente.

Dicen que las buenas obras traen buenos dividendos, para los nuevos emigrantes esta afirmación se cumplió al cien por ciento. Una vez albergaron a un joven del campo para que pudiera continuar sus estudios en la capital y éste se convirtió en un buen amigo de la familia. Al emigrar, el muchacho les pidió el favor de traer una carta a un tío que vivía en Montreal y al contactarlo se dieron cuenta de que era un antiguo conocido de su padre.

El señor se convirtió en el ángel guardián para la familia y a través de él pudieron instalarse en la ciudad porque éste les sirvió de fiador para que les alquilaran su primer apartamento. Sin contar que él y sus amigos se transformaron en los guías turísticos para que conocieran la ciudad y sus alrededores en muy poco tiempo.

Romax no sabía que Montreal era una ciudad muy bien ubicada, estratégicamente hablando, porque estaba en el centro de muchas grandes urbes importantes como: la ciudad de Québec, que es la capital de la provincia; Ottawa, la capital de Canadá; Toronto, la ciudad más importante de la provincia de Ontario; y las ciudades de New York, Boston, Washington, New Jersey y Búfalo en los Estados Unidos, éstas últimas a menos de diez horas de camino en vehículo.

Canadá es uno de los países más industrializados del planeta, con una economía muy fuerte y unos recursos naturales inagotables. Esto le permite ofrecer a sus habitantes muy buenas condiciones de vida, posee un sistema de gobierno social democrático que protege a los más débiles de la sociedad, en su orden: los niños, las mujeres, los enfermos, los homosexuales, los animales y por último, los hombres. Los refugiados eran una parte de la población sumamente débil, por esta razón, Romax y sus hermanos estuvieron incluidos en un programa de ayuda social que les permitía vivir decentemente y tener la oportunidad de aprender la lengua francesa para luego meterse al mercado del trabajo. Este programa duraría un año.

Durante ese primer año, Romax experimento algunos cambios que lo obligaron a adaptarse, cosa que no hizo de la noche a la mañana. Por ejemplo, los hermanos menores decidieron que siendo mayores de edad no había necesidad de que sus hermanos mayores tomaran solos las riendas de la familia, ellos querían participar de una manera más directa en la organización y dirección del hogar. Ese primer cambio tomó de sorpresa a Romax y su hermana mayor, porque ya se habían habituado a ser ellos la cabeza del hogar. Estos comprendieron el pedido del resto de la familia y aceptaron sin saber cómo adaptarse a su nuevo rol.

Esa decisión provocó el desmoronamiento de una meta que el chico se había impuesto desde la muerte de sus padres: "sacar adelante a sus hermanos menores". Ellos les dijeron: "es tiempo de que se dediquen a ustedes mismos, que traten de realizar su vida. Nosotros ya somos mayores y podemos defendernos solos. Nos gustaría que cada uno de ustedes pudiera encontrar a su pareja y formar su propio hogar." Las razones eran válidas y los mayores no tuvieron otra opción que aceptar.

Se dice que la gente tiene que prepararse para el futuro, pero parecía que Romax y su hermana mayor no habían tenido tiempo para ello, sobre todo el joven. Cuando éste se hizo la pregunta "¿qué busco en la vida?", se encontró con una respuesta vacía. Él tenía claro que su objetivo en la vida era cuidar de sus hermanos, pero se olvidó, como cualquier padre, que los niños crecen y un día quieren volar por sí mismos. El muchacho sintió la misma sensación que experimentó cuando le dijeron que su padre había muerto, cayó en un hoyo sin final dónde nada parecía real, se asemejaba a un mal sueño. Un sentimiento de incertidumbre le pesaba en el alma y una desolación le provocaba un deseo de llorar, pero su hombría le impedía doblegar su orgullo herido.

Era una pregunta llena de misterio y amplia como el mismo universo. Romax se vio en una situación emocional muy fuerte, se sintió viejo y melancólico, pobre y desamparado, débil e inservible. El primer día en el apartamento fue muy frustrante porque éste estaba vacío y un poco sucio. Se pusieron a limpiarlo y a lavar las paredes que eran de cartón comprimido, muy frágiles. Las ventanas, estaban descascaradas y enmohecidas por el tiempo. El blanco de las paredes parecía gris de suciedad y moho; la humedad hacía brotar hongos en algunas esquinas. El primer almuerzo lo hicieron comiendo una pizza sobre el piso de madera poniendo unas hojas de periódico como mantel. Poco a poco fueron entrando los muebles según los iban abandonado otros usuarios que a su vez cambiaban de apartamento.

Montreal tenía una característica especial que sucedía cada final del mes de junio e inicio del mes de julio: los contratos de los alquileres, por lo general, comenzaban y terminaban en esos meses. La gente aprovechaba entonces para cambiarse de lugar si no se sentía a gusto. Entonces, para evitar llevarse muchas cosas, botaban a la basura sus pertenencias más pesadas o aquellas que debían sustituir. El consumismo era evidente. En las aceras, aparecían juegos de sala, comedor y dormitorios en muy buen estado, sin contar las refrigeradoras, lavadoras de platos, computadoras, en fin de todo lo que se puede imaginar. Los chicos reían porque conforme iban apareciendo en la calle las cosas, ellos las iban subiendo a su apartamento y al final del mes de julio, el apartamento con los tres dormitorios, la sala y el comedor estaban completamente amueblados. Era una maravilla de sociedad.

Al inicio, Romax había decidido trabajar pero la realidad le dijo que sin el idioma no correría muy lejos. Los estudios del idioma eran indispensables para salir adelante en la nueva sociedad. En sus adentros éste se decía: "si un día me voy de este país, me llevaré por lo menos un diploma, las dos lenguas oficiales y una experiencia que pueda utilizar en donde sea que viva". Aunque en su corazón, por alguna razón, el hecho de volver a su país no le llenaba de alegría; era algo así como un pasado que debía quedar atrás.

Retroceder no era su intención, era como volver a vivir algo que lo había marcado muy profundo. Lo único que lo ataba era la promesa de volver que le había hecho a su novia. Aunque había tomado la precaución de dejarla en libertad, por si el amor se le aparecía en la soledad de la espera. Por alguna extraña razón, Romax no se sentía atado a ella y deseaba en el fondo que encontrara un buen hombre que la apreciara a su justo valor. El tiempo y la distancia le darían la razón.

El aprendizaje del idioma francés fue muy difícil para los hombres, quizás porque este lenguaje exige la utilización de los músculos de la garganta que muy poco son utilizados en el español, sin contar que para imitar el sonido era necesario realizar gestos especiales con la boca. Los chicos se sentían muy amanerados y interiormente se bloqueaban en su adaptación, al final terminaron hablando lo que se conocía como "frañol": mitad francés, mitad español.

A Romax, en la escuela, le llamaban "cuatro cuarenta" porque decían que se parecía al cantante dominicano "Juan Luís Guerra". El frío había provocado que su barba saliera grande y unida; más que latino, parecía árabe. Hasta los mismos árabes lo confundían hablándole en su idioma, cosa que disgustaba al chico, pero poco a poco se fue adaptando a su nueva fisonomía.

Mientras tanto, la familia se iba adaptando a la vida del norte de una manera suave y en armonía. Montreal comenzaba a seducir a los recién llegados, sobre todo con su clima de cuatro estaciones. Según les contaban, la primavera con su emergencia de vida cambiaba completamente su rostro; el paisaje blanco y triste del invierno se transformaba en pocos días en esplendoroso paisaje natural lleno de plantas y flores que salían por todos lados. El verano se convertía en un infierno dentro de las casas porque ellas habían sido construidas para soportar las bajas temperaturas del invierno y la temperatura en esa época del año llegaba hasta los cuarenta grados centígrados bajo sombra, sin contar la humedad. El otoño se parecía mucho a la primavera, la diferencia era que actuaba al revés; comenzaba muy verde y colorido, pero conforme se iba enfriando el ambiente, los árboles comenzaban a cambiar paulatinamente de color trasformándose del verde al amarillo suave, luego al anaranjado y rojo. El final del otoño lo describía muy bien un tapiz rojo de hojas sobre el suelo. Cuando el invierno llegaba, la mayoría de plantas estaban sin hojas y listas para soportar las primeras caídas de la nieve. Conforme ésta se iba acumulando y la temperatura bajando, el ambiente se trasformaba en un paisaje blanco y sereno.

En el verano, las actividades al aire libre se multiplicaban y el ritmo latino se vivía a corazón abierto. Los festivales se sucedían harmoniosamente uno tras otro y los más famosos eran: el festival de Jazz, de la risa, de la canción francesa, de las películas del mundo, de la cerveza, de gastronomía, de la formula uno, de los niños, de los libros, de la moda, de la comida, de los fuegos artificiales, de los latinos, de los árabes, de los caribeños, etc.

Además, la ciudad tenía cuatro equipos profesionales: "los Expos de Montreal", del béisbol; "Los Canadiens", del hockey sobre hielo; "El Impact", del fútbol llamado "soccer" para diferenciarlo del americano, y "Los Alouettes", precisamente del fútbol americano.

Romax comprobaba que Montreal era una ciudad muy alegre y dinámica, sobre todo muy tranquila y segura. Por eso, el terruño querido poco a poco fue pasando al olvido. El joven se hizo un seguidor del equipo de béisbol, porque en él jugaban varios deportistas latinos, entre los cuales estaba un nicaragüense al cual apodaban "El Presidente". Éste adoraba el estadio Olímpico donde ellos jugaban, porque parecía como un escarabajo gigante. Había sido construido para albergar los juegos Olímpicos en los años setenta, pero su construcción comenzó con mucha controversia al pedir o imponer la contribución de los fumadores a través de un impuesto especial.

El verano los tomó desprevenidos porque el calor era tan fuerte que muchas veces tuvieron que dormir fuera de la casa. La gente en la calle tenía que protegerse del sol y aún así, les gustaba estar acostados sobre el pasto o jardines, semi-desnudos y a veces desnudos, para ganar un poco de color en su piel blanca. Algo que lo fascinó fue ver a las chicas sin sostén asoleándose como iguanas al aire libre. Claro que lo que más llamaba la atención era la facilidad con que se quitaban el sostén y dejaban sus senos en libertad. La rutina que tenían era: llegaban al parque con su bolsa llena de muchas cosas, escogían un lugar, colocaban una toalla sobre el césped, se quitaban las sandalias, se sentaban sobre la toalla, ponían la bolsa a un costado, comenzaban a sacar todo lo necesario, se quitaban la ropa para quedar en bikini y sostén, se colocaban el aceite y la protección solar, se ponían los lentes y los audífonos para finalmente quitarse el sostén y acostarse dulcemente. Era una delicia admirar esa rutina.

Montreal era una sociedad muy cultivada, esto llamó mucho la atención a Romax; como una costumbre, casi todo el mundo cargaba un libro o revista para leer mientras viajaba. Niños y adultos hacían filas en las bibliotecas para prestar los libros que leerían durante la semana. La cultura intelectual se veía en las personas, aunque parecía que indirectamente se aislaban del mundo presente. El muchacho comenzó a imitar el habitó de la lectura porque se recordaba que su padre, en su niñez, quiso iniciarlo a ello. La verdad era que no leía mucho pero escribía bastante porque su libreta de bolsillo siempre estaba atenta para recibir cuanta inspiración le brotara durante el día y a veces mientras dormía.

Ese año, en sus noches de bohemio, se llevó el susto de su vida. Con un amigo con quien practicaba guitarra, fue a una noche de parranda universitaria llamada "peña" porque la organizaban unos peruanos. Ellos no iban con la idea de encontrar pareja pero por supuesto abiertos al ligue ligero. Desde que pusieron un pie en el recinto se dieron cuenta de que los universitarios eran una raza muy especial, sobre todo a la hora de hacer fiestas. La nube de humo que los recibió les envió el mensaje de la situación, hay que vivir la vida loca. Todo estaba en penumbra y un trío de sudamericanos entonaban música de protesta en el fondo de la sala; los presentes fumaban y bebían al son de las tonadas andinas.

Ellos trataron de encontrar caras conocidas, pero les fue imposible porque la persona que los había invitado brillaba por su ausencia. Decidieron entonces unirse al grupo como si pertenecieran a la misma banda, todos se saludaban como si fueran viejo conocidos. Ya instalados, cuando sus ojos comenzaron a adaptarse al ambiente, se dieron cuenta de la verdadera situación. Mientras unos fumaban cigarros y marihuana, otros bebían cerveza y licor. Un grupo de mujeres bailaban como locas en un espacio muy reducido y en los rincones las parejas aprovechaban para seducirse intensamente. Ir a los baños era imposible porque estaban ocupados por aquellos que hacían el amor. El humo no tardó en ponerlos en la misma onda y la sonrisa maliciosa comenzó a aparecer en sus rostros, la malicia masculina del latino brilló en los ojos como cazadores buscando una presa.

Mientras saboreaban una cerveza, una de las chicas que bailaba se acercó a la mesa y tomó de la mano a Romax para invitarlo a bailar. Al inicio, el chico se sorprendió, pero se prestó al juego sin poner mucha resistencia. Al compás de la música salsa, la pareja se metió al juego de la seducción y el contacto físico se hizo presente. Aunque el joven no sabía bailar ese ritmo se prestó al juego porque la muchacha lo único que deseaba era sentir un cuerpo masculino a su lado. A los pocos minutos, Romax estaba excitado y deseaba que la canción no terminara, pero al finalizar la mujer lo dejó parado para ir en busca de su compañero. Para sorpresa de ella, el amigo no sabía bailar y se negó a continuar el juego por lo que decidió quedarse sentada con él. Mientras tanto, Romax se unía a ellos sin ninguna molestia.

La muchacha que no pasaba los veinte era bellísima, sus ojos azules iluminaban su cara cuando sonreía y su cuerpo esbelto provocaba el deseo de tocarlo. Ella sabía lo que poseía y lo explotaba a su favor. Entre tragos, cigarros y alcohol la chica fue perdiendo el control de sus facultades, pero sabía lo que hacía y deseaba. Romax volvió al ataque y la invitó a bailar, en esta ocasión puso mucho empeño en seducirla hasta el punto que fue ella quien le dijo que la llevara a su apartamento, éste no estaba muy lejos del lugar. El cazador envió un mensaje a su amigo porque la presa había caído en sus garras.

Al llegar al apartamento que estaba ubicado en la azotea de un edificio de tres pisos, no necesitaron muchas palabras para entrar en sintonía sexual. Ella vivía con otra que tenía más o menos de su misma edad, que supuestamente no estaba en la habitación, pensaba el invitado.

Al entrar no hubo necesidad de encender la luz del lugar porque mientras metía la llave para abrir la puerta, el invitado comenzó a acariciarla por detrás. Al cerrar la puerta, la ropa fue saliendo disparada por todos lados y el desenfreno corporal tomó el control de ambos. En la oscuridad se veía solamente la piel blanca de ella porque el chico con su tez morena se confundía con la noche. Él la tomó de sus nalgas y levantándola la colocó en su cintura, ella se enrolló al joven como una garrapata. Ambos cayeron a la cama rodando en silencio, las palabras habían tomado descanso. A veces arriba, a veces a bajo armoniosamente cambiaban de posición hasta que en un descuido cayeron de la cama. Luego de una breve risa continuaron amándose en el suelo.

Se subieron a la cama y después de una pausa, fue la chica quien comenzó las hostilidades y él respondió vigoroso al duelo de los amantes. El cansancio dio cuenta de los cuerpos y quedaron dormidos lado a lado, pero por la madrugada el ardor de unos labios lo devolvieron a la vida con un fuego en su sangre. El volcán estaba a punto de explotar motivado por un jinete que cabalgaba sobre él alegremente. Medio dormido, medio despierto estiró sus manos para acariciar dos hermosos pechos que bailaban al son de una zamba encendida. Habían crecido y se jactaban de un deseo ardiente, la mujer se lanzó sobre él para besarlo intensamente. Eso fue lo último que recordó en ese instante.

Al despertar, Romax se despertó con dos mujeres desnudas a su lado. Las preguntas estaban de sobra porque los hechos hablaban por sí solos, había hecho el amor con las dos mujeres. Mientras se levantó a orinar, ellas se despertaron y con la misma se vistieron porque estaban retrasadas para ir a clases, apenas le dijeron adiós con una sonrisa en los labios y un hasta luego que no decía gran cosa. Al menos eso les comprendió con el poco dominio del idioma que manejaba. Un poco sorprendido y confuso salió de la habitación para dirigirse a su casa.

Después de ese día, tuvieron otros encuentros pero no tardaron en darse cuenta de que esa relación no iría a ninguna parte; poco a poco la distancia se hizo muy larga. Luego, más o menos dos meses después, la muchacha lo buscó para hacerle parte de una mala noticia, tenía el SIDA. Esto cayó como una bomba para Romax porque significaba que él también podría estar contaminado con esa enfermedad.

El mundo se le vino encima, no culpó a la mujer sino que se hecho la culpa el mismo. "Cuidarse tanto y venir tan lejos para morir por un descuido estúpido era imperdonable", se reclamaba enojado. La idea de dar la noticia a sus hermanos le dañaba el alma, por eso quiso hacerse los análisis antes para no asustarlos. La idea de que Dios no lo quería volvía a resurgir en su espíritu. En ese momento su carácter cambio mucho, se puso muy melancólico y enojado, la felicidad en los otros le daba unos celos enormes.

Al mismo tiempo, Romax veía cómo el espíritu de su padre había intervenido en ese momento, pero no le había hecho caso. "Algo me decía que aquello que parecía un bello regalo traía escondido algo que no era muy bueno", pensaba el chico. "No te fíes de lo que a simple vista parece una maravilla; puede traer escondido un mal nacido", decía el abuelo de Romax para explicar esos casos.

Romax se hizo los exámenes necesarios y seis meses después encontró un poco de paz en su espíritu, porque el resultado fue negativo, aunque según los doctores este tipo de virus puede ocultarse durante muchos años en su cuerpo sin ser detectado. Desde ese momento, él comprendió que la vida era más hermosa si se veía desde un punto de vista espiritual y no material. Aún así, parecía que no comprendía muy bien el mensaje dado porque las visitas a las discotecas, los tragos y el cigarro comenzaron a formar parte de su diario vivir, sin contar las historias amorosas que no tenían ningún futuro y que por lo contrario, eran casos perdidos que lo único que podían dejarle era una herida en su corazón.

A estas alturas, el muchacho había comenzado a bajar a un infierno personal que lo iba metiendo, poco a poco, a un abismo muy profundo. Las mujeres se habían convertido en un asunto muy apreciado, pero a su vez muy delicado; sus relaciones comenzaban muy bien pero terminaban en cola de sapo, es decir sin futuro ni posibilidad de algo más. Su corazón, con cada derrota amorosa, se iba endureciendo mucho y con la imposibilidad de realizar mejoras optaba por el trato simple sin compromiso de su parte; es decir que los platos rotos los pagaba el que no los había roto.

En ese momento de su vida la falta de su padre se hacía presente y a pesar que siempre quiso imitarlo, la decepción de no lograrlo lo agobiaba aún más. Romax sentía que estaba caminando como dando vueltas, que no iba hacia ninguna parte y que su vida necesitaba reorganizarse de alguna manera. Parecía como si hubiera perdido el horizonte de su vida. Un cambio se vislumbraba en el futuro. Romax sentía que en su alma un vacío muy grande estaba mostrando su nariz.

"Cuando te sientas que caminas como a ciegas,
cuando tus pasos no saben qué dirección seguir,
cuando tu vida parece estancarse en una bodega,
cuando nadie puede ayudarte a conducir,
entonces… ¿Qué hacer? ¿A dónde ir? ¿Con quién hablar?¿Qué puerta tocar?

¡Quizás en ese momento hay que parar!
Necesitamos buscar la brújula de la vida,
necesitamos saber dónde estamos parados;
Escuchar atentos el viento y su melodía,
puede que en ella esté el beso anhelado."

3.2 Cerrando un círculo abierto

El penúltimo hermano de Romax había sostenido una relación amorosa con una chica de su país de origen; él había decidido que para las segundas fiestas de fin de año regresaría a su terruño. Comenzó a trabajar para poder tener la solvencia económica y poder viajar sin descuidar sus estudios de francés. De los cinco hermanos, él era el más reservado. Casi nunca hablaba de su novia ni de sus planes futuros; sus hermanos sabían que andaba en amores, pero nunca sospecharon que era algo serio. Al final del primer año, éste se fue para su país y estando allá, se casó por lo civil sin pedir opinión a nadie. No le consultó a ninguno de sus hermanos su decisión de casarse, aduciendo que ya era mayor de edad. Al dar la noticia, los hermanos lo tomaron como una simple broma, pero al ver la reacción de éste, la aceptaron un poco desconcertados. A ellos, no les pareció la manera de actuar porque creían que se estaba precipitando. Según ellos, él estaba tratando de huir de algo y, si esa era la razón, corría el riesgo de darse en la cara. La historia les demostraría lo contrario.

Este joven se casó por lo civil en ese viaje sin la presencia de ninguno de sus hermanos de padre y madre. Solamente lo acompañó su hermana mayor por parte de su madre. La mamá de la novia consintió el casamiento con la única condición de no tener relaciones sexuales hasta que lo hicieran por lo religioso que según los planes sería año siguiente. El muchacho regresó a Canadá decidido trabajar fuerte para ahorrar y tener suficiente dinero para su matrimonio religioso que según él sería muy sencillo. En los costos de su plan matrimonial estaba simplemente la compra del vestido de la novia, su traje, el pago de la iglesia y la luna de miel; la recepción también estaba incluida, pero se pensaba hacer algo muy pequeño, solamente se invitaría los familiares cercanos. De los hermanos en Canadá, el único que podía ir era Romax. Éste tenía dos razones para el viaje: la primera, acompañar a su hermano y darle una mano en el matrimonio; y la segunda, confirmar su noviazgo con la media novia que había dejado en el país y con quien, por alguna razón, había perdido todo contacto con ella. Los hermanos tampoco sabían de esta última intención del chico.

Romax había perdido la comunicación con su amiga desde hacía seis meses, pero esperaba que no estuviera comprometida para establecer una relación seria con ella. Éste pensaba que hasta no tener la certeza de su relación no valía la pena decir nada a sus hermanos; verdaderamente, sólo su hermana mayor sabía algo de ello. La relación de su hermano menor le daba la seguridad de que una relación a distancia podía resultar, sólo si las dos partes estaban verdaderamente comprometidas. El dicho popular "amor de lejos, es amor de pendejos" comenzaba a perder plumas.

Ese año, el hermano de Romax se fue un mes antes del matrimonio para prepararlo todo. Romax, por su parte, tenía dos semanas disponibles para el viaje y las dispuso de tal manera que coincidieran poniendo la fecha del matrimonio en medio. Éste se fue después del año nuevo para estar una semana antes del evento y echar la mano en los preparativos de la boda.

Desde su partida, las noticias o sorpresas se fueron dando una a una como señales de un mal presagio. La primera sorpresa que recibió, antes del viaje, fue que al hermano le habían robado el traje de bodas en el aeropuerto de El Salvador. Entonces, antes de salir, tuvieron que correr para buscarle otro; La segunda fue que no se había organizado casi nada, ni las invitaciones se habían entregado. En otras palabras significaba que mucho trabajo le esperaba en el lugar, pero otras sorpresas aún lo estaban esperando. Durante el vuelo muchas imágenes, ideas y situaciones comenzaron desfilar por la mente del hijo pródigo, su corazón comenzó a sentir un poco de ansiedad y sus manos se humedecían continuamente. Ese viaje también servía para romper con su rutina en donde el idioma francés comenzaba a cansar y las malas experiencias amorosas habían hecho doblegar su espíritu. Volvió a revivir su infancia y su juventud, los viejos amores rociaban de felicidad su rostro y la muerte de sus padres le recordaban su soledad. Él pensaba: "pareciese que estoy dando vueltas sobre un mismo punto y en lugar de avanzar en la vida, estoy retrocediendo." Ese sentimiento reflejaba muy claro su situación espiritual y su búsqueda personal.

Cuando llegó al aeropuerto de su país, ni siquiera había salido del recinto cuando ya le habían echado un balde de agua fría a su espíritu. Un primo le dio la novedad a quema ropa queriendo alegrarle el día, pero la bomba le llegó hasta los huesos. "¿Sabes quien se acaba de casar?, le dijo ingenuamente. ¡Tu amiga la guía turística!" Él sonrió y aceptó la noticia aparentando alegría, pero sólo Dios sabía que un mundo de ilusiones se había derrumbado en su interior, aunque su espíritu se lo cantaba en lo profundo.

Los abrazos y los besos de los familiares lograron esconder su tristeza y ganas de gritar que tenía para sacar la furia que llevaba dentro. Fue en el camino a su pueblo que pudo echarse a volar y analizar la situación, el viento que le daba en el rostro secaba los intentos que tenían los ojos por llorar. Unos deseos inmensos por retroceder y echarse a correr en dirección contraria le comían el alma, pero al mismo tiempo se decía que tenía que cerrar ese círculo en su vida. "Nadie gana nada huyendo de sus miedos", se decía. Entonces, doblegando su orgullo decidió enfrentar lo que la vida le presentara en ese viaje.

Desde ahí sus planes se esfumaron de la misma manera que habían nacido en su pensamiento. Una nueva manera de ver la vida, con relación a las mujeres, brilló en su razonar: "desde hoy prometo no meter mis sentimientos en las relaciones amorosas, las mujeres serán simples relaciones humanas. Si desean ser amadas, las amaré; si ellas gustan simplemente mi compañía, les daré compañía; pero si desean una relación seria, me esfumaré como el aire. De esa manera mi corazón estará protegido."

Nadie sabía que ella era una de las razones por las que regresaba a su país. En ese momento, Romax supo que el único lazo que lo ataba a su tierra se había roto; decidió entonces disfrutar el viaje como una última ocasión para gozar de su patria y su familia. Su viaje cambió de perspectiva en ese momento y decidió meter de lado su corazón para actuar más guiado por la razón que por lo sentimental.

Faltaba una semana para la boda y ni siquiera habían enviado las invitaciones oficiales, aunque toda la familia se daba por invitada. Luego, las tías comenzaron a pedir permiso para invitar a fulanito, menganito y hasta el perro del vecino. En conclusión, lo que iba a ser una simple recepción familiar se iba convirtiendo en un acontecimiento social muy grande. No se habían tomado en consideración dos cosas: que solamente la familia pasaba de los cien miembros y que los padres del novio eran muy queridos en el pueblo. Según los cálculos de Romax, a la recepción llegarían más de trescientas personas; por lo tanto, se comenzó a planificar siguiendo esa cantidad. Esa cifra quedó en el olvido rápidamente.

Cuando los familiares comenzaron a llegar y se iban alojando en las casas de las distintas familias, por ambas partes, los números aumentaban exponencialmente porque cada uno llevaba más de un invitado sorpresa. Como financieramente no se estaba preparado para ello, se pidió la colaboración de la familia. Curiosamente la reacción de todo el mundo fue muy positiva y espontánea e igualmente aquellos a los que no se les había pedido colaboración, se ofrecieron voluntariamente. Para que se sintieran parte importante del evento se proclamó a cada voluntario padrino de bodas, así aparecieron los padrinos de bebidas, música, flores, maíz, gallinas, pavos, tortillas, pan, arroz, limpieza, arreglos, carnes y hasta de leña para el fuego. En definitiva, el novio invirtió solamente en lo planificado. Claro que quien fue el centro que dirigió esa fiesta fue Romax porque todo el mundo le tenía mucho cariño, respeto y admiración.

Dos noches antes de la boda, Romax y sus primos se escaparon para ir a parrandear de lo lindo por todos los bares del pueblo y llegaron a dormir casi a las cuatro de la mañana. El día siguiente lo levantaron muy rápido, apenas había dormido cuatro horas, porque necesitaban que alguien tomara las decisiones relacionadas con la boda porque su hermano brillaba por su ausencia. Ese día se acostó temprano para recuperarse porque el día siguiente era el gran evento familiar.

Las actividades comenzaron en la madrugada con la gente que preparaba la masa para las tortillas, luego llegó el momento de matar los animales: el buey, los cerdos, las gallinas y los pavos desfilaron uno a uno por el matadero. Las mujeres y los hombres se repartían las labores para que todo saliera de maravillas. Todo el mundo estaba de pie porque aquel que se quedaba dormido lo bañaban con agua fría para que se uniera a las actividades.

A las ocho de la mañana, un grupo de mujeres se dirigió a la iglesia con flores para adornarla y otro al salón donde se haría la recepción para poner todo en su sitio. A eso de las doce del medio día todo estaba en su sitio.

Cuando llegaron las cuatro de la tarde, los familiares y amigos se agruparon en la casa de cada uno de los novios y desde ahí acompañaron a los festejados cantando y haciendo chistes poniendo mucha alegría en el ambiente, cada novio iba dirigiendo su comitiva. La vieja calle rústica, polvorienta y descuidada se vistió de gala al momento de pasar los que deseaban unir sus vidas delante del Dios del amor. El novio fue quien llegó primero a la iglesia como lo indica la tradición y la novia se presentó como una princesa unos minutos después.

Cuando la celebración estaba a la mitad, un primo llegó a la parroquia que estaba a reventar de invitados para sacar a Romax de ahí porque se necesitaba con urgencia en la sala de recepción. Muchos invitados que no quisieron ir a la celebración se habían presentado al salón y no había nadie para recibirlos. El muchacho asumiendo su rol de líder asumió su compromiso y se salió del lugar para tratar de resolver el problema. Muy pocos se dieron cuenta de su ausencia hasta el momento de tomar la foto familiar.

La fiesta fue todo un éxito, tanto así que la comida se había terminado antes de las once de la noche, y las bebidas llegaron hasta la una de la mañana. Los novios se fueron a dormir a las cuatro de la madrugada y para las seis, solamente estaban de pie en el salón Romax y tres sobrinos. Todo tenía que ser entregado antes de las ocho de la mañana. El chico terminó agotadísimo, se fue a dormir a las diez de la mañana y lo despertaron a la una de la tarde. En su pensamiento se decía: "si un día me llego a casar, rogaré para que mi novia no quiera tanto alboroto. Ella, sus padres, mis hermanos, mis amigos más cercanos serán suficientes. Luego, de la iglesia nos iremos a una playa muy linda a vivir y gozar nuestra luna de miel."

Curiosamente, en esa fiesta le ocurrió algo muy especial. Él había tenido tres relaciones sexuales con diversas mujeres: una mujer casada, una vieja amiga de la infancia y una invitada de la familia. Sin proponérselo llegaron a su vida, se dio la ocasión y no la desperdició como se había prometido. En las tres ocasiones no hubo ninguna promesa, implicación sentimental o forcejeo físico; parecía que la vida le devolvía con hechos lo que hacía poco había prometido, como queriendo probar la fortaleza de esa decisión. Más que satisfecho estaba sorprendido, casi no lo podía creer y hasta llegó a pellizcarse para saber si estaba soñando o era realidad. Nadie se dio cuenta de esas aventuras que cayeron sin ton ni son, fue el destino que puso cada situación para que eso se diera. A la fiesta había llegado una cantidad de gente conocida y desconocida que era casi imposible atender a todos. Pero las tres mujeres habían llamado la atención al joven, la casada porque su marido no le dio bola durante la fiesta y permaneció sentada esperando un poquito de atención, la invitada porque era muy voluptuosa y medio mundo quería tener algo con ella y la amiga de la niñez porque no la reconoció de inmediato, pero su cambio corporal lo notó. Ésta última había jugado con él negándole su nombre para que hiciera un esfuerzo por recordarla.

Con la mujer casada lo hizo a media noche, a las cuatro de la mañana con la amiga de la infancia y con la voluptuosa a las seis de la mañana.

A media noche se acabó el pan y cuando se dirigió a buscar más alimento a la panadería de su primo, se le pegó la mujer casada que cansada de esperar decidió irse a dormir para acompañar a su pequeño que la esperaba dormido. En ese momento, el pueblo estaba desierto porque la mayoría estaba en la fiesta y el resto durmiendo. En las calles empedradas alumbraban focos públicos muy distanciados entre sí y muy pocas casas tenían encendido sus luces para ahorrar energía por lo que muchos tramos estaban completamente oscuros, esto sin contar el peligro que los perros que cuidaban las casas. El pueblo era muy pequeño y las casas que recorrían la calle principal están separadas entre sí, muchos sitios baldíos servían aún de casa para pequeños animales silvestres.

A los pocos metros de haber salido de la fiesta, la mujer le dio alcance a Romax y le pidió permiso para acompañarlo. Juntos caminaron unas dos cuadras y en ese lapso muchos perros casi los muerden, la duda de continuar se instaló en ambos pero no podían dar marcha atrás. Fue en ese momento que el muchacho se acordó de un atajo por en medio de un potrero y le propuso la idea a la mujer. Ella aceptó sin poner mayores obstáculos, casi deseando que pasara algo en el camino. En lo poco que habían caminado no habían hablado gran cosa ya que ella se mantenía callada y Romax respetaba ese silencio.

Para entrar al potrero lo tuvieron que hacer por un alambrado que les ocasionó problemas para atravesar, especialmente a ella quien rompió uno de sus tirantes del vestido de noche que cargaba. La mujer tenía una piel morena oscura, ojos verdes claros y un cuerpo de guitarra, es decir pechos grandes y nalgas redondas. No era más alta que el chico que vestía traje negro y una camisa blanca con puntitos dorados.

La oscuridad hizo que la chica tuviera miedo por lo que le pidió al muchacho que no se alejara mucho de ella. la verdad por donde caminaban estaba bastante claro porque la noche estrellada iluminaba el campo, el lugar estaba lleno de arbustos y árboles. A los cien metros de distancia, el pueblo casi no se veía y el silencio era tenebroso. Romax para darle seguridad a la joven le indicó el lugar adonde se dirigían que quedaba a unas diez cuadras de distancia. Ella colocó las manos sobre el hombro del muchacho que caminaba lento dirigiéndola y con cada ruido que escuchaba se apretaba por detrás a él.

De repente, una culebra cazó un ratón y el ruido de agonía del roedor provocó un viento de pánico en la mujer que provocó que se colgara del joven. Éste a su vez también se asustó, pero al comprender el origen del ruido se calmó. Abrazados duraron algunos minutos hasta que Romax se cansó y la bajó suavemente, pero la mujer seguía pegada a él.

Para calmarla, el muchacho comenzó a hablarle con ternura mientras la acariciaba pero sus palabras lejos de calmarla la hicieron llorar. Él no comprendía la reacción de ella y por eso se silenció. "¡Perdóneme, no quise hacerla llorar!, le dijo un poco apenado. Ella se apartó despacio de su lado y secándose las lágrimas le dijo que no era por sus palabras. Se limitó a decir: "son cosas de mujeres". La verdad era que su esposo tenía meses que no la tocaba ni le decía palabras dulces y estaba por llegarle la menstruación, es decir: la sensibilidad femenina estaba a su máximo nivel.

Decidieron seguir el camino de la misma manera, él adelante y ella detrás, pero esta vez agarrados de una mano. La mujer tenía puesto unos zapatos de tacón alto que le comenzaron a hacer llagas por el mal estado del camino y pidió unos minutos de descanso.

Romax que conocía el lugar, la introdujo por unos matorrales para llevarla a una pequeña lomita que tenía unas piedras grandes. Desde ahí se observaba el pueblo y sus luces, inclusive se escuchaba muy claro la música de la fiesta.

Cuando llegaron, la chica se sentó sobre una piedra plana que parecía una cama y con una respiración de tranquilidad se quitó sus zapatos para sobarse los pies maltratados. Por su parte, el muchacho se sentó a su lado y se acostó para ver el cielo estrellado que los bañaba majestuosamente. "¡Me encantan estos cielos, aunque siempre provoquen cosas en mi vida!", lanzaba al aire.

La mujer levantó la mirada y no dijo nada, el chico comprendió que no estaba bien. Se sentó a su lado y quitándose su sacó lo colocó detrás de ella. Luego le dijo, "hágame un favor, acuéstese aunque sea unos segundos vera que le hará bien." La chica se le quedó mirando con sus ojos llorosos y sin decir palabra se acostó en silencio. Las lágrimas comenzaron a brotar como río retenido y las estrellas se reflejaban en cada gota que salía emocionada.

Romax con mucho tacto y delicadeza le secaba con su mano el rostro, ella en una reacción de emoción se puso a besarle la mano mojada. "¡Gracias, por estar a mi lado y tratarme así!, murmuró a media voz. Él sonrió y agregó: "¿Dígame que puedo hacer para calma esa pena?, se le quedó mirando. Los ojos se cruzaron y ella balbuceó: ¡Nada!, respondió suave, pero se puso a acariciar los brazos del chico. Luego agregó: "¡Aún me duelen los pies, un masaje no caería mal!"

La respuesta fue inmediata, el joven se quitó la corbata y se colocó a los pies de la mujer que permanecía acostada viendo las estrellas. El vestido había quedado a media rodilla y las piernas permanecían cerradas haciendo con sus rodillas un ángulo de noventa grados.

El muchacho comenzó su trabajo con mucha delicadeza y su masaje llegaba hasta las pantorrillas, la mujer que tenía sus manos sobre sus caderas comenzó a abrir las piernas suavemente en signo de complacencia. Romax seguía los mensajes corporales con mucha atención, el vestido comenzó a subir delicadamente guiado por las manos de la dama. Ella había cerrado los ojos al placer y deseaba en su interior que el muchacho no se detuviera. Los besos del chico comenzaron a aparecer suavemente en las rodillas y provocaron que las piernas se abrieran al deseo, las manos del joven fueron abriendo el camino a los labios. La mujer se olvidó por completo del pudor y decidió de forma unilateral dar inicio la fuga de su calzón negro. Romax simplemente le ayudó a liberarse de él, y mientras el joven se deleitaba sobre la cintura de la mujer ardiendo en fuego de pasión, ella se acariciaba sus pechos que habían brotado al aire como volcanes pidiendo agua.

Hacer el amor fue un simple desenlace de toda la actividad amorosa que se desató en silencio. Luego del descanso merecido, ella respiró profundo y sentándose dijo: "¡Creo que es hora de continuar!", se puso de pie y ofreciéndole su mano le ayudó al chico a ponerse de pie.

Ambos salieron de la mano sin decir nada, pero en ambos se describía una satisfacción que hasta en la oscuridad se notaba. Caminaron lado a lado por el estrecho camino, él se daba el lujo de acariciar las nalgas de la chica y ella jugaba con el cabello de él. Antes de salir de la oscuridad, ella lo besó intensamente y se acariciaron con mucha pasión. No hubo palabras de despedida ni siquiera una promesa de volver a verse, ellos sabían que lo que había ocurrido unos minutos atrás nunca más se volvería a repetir.

Romax volvió a la fiesta media hora después y se unió al baile con cuanta prima lo sacaba a bailar. No le dieron tregua ni pausa durante ese tiempo hasta que el licor se terminó y decidió ir por otras botellas de licor que había dejado escondidas donde una tía.

Salió a paso largo porque deseaba volver pronto a la fiesta porque estaba buena, pero una joven le dio alcance porque quería irse a dormir. Al inicio al oír las voces que lo llamaban no reconoció a la muchacha, fue hasta que la tuvo cerca que pudo descubrirla. "¡Eres tú!", expresó con admiración, pero la chica lo tomó como una decepción. "Si, soy yo", agregó un poco decepcionada. Romax comprendió el error cometido y trató de arreglar el mal hecho. "Digo que eres tú la joven que me gritaba, no que me siento mal porque seas tú. Al contrario, me da gusto que seas tú porque no he tenido la oportunidad de hablar contigo y decirte que ya se quien eres". "¡De verdad!", expresó contenta la mujer.

Te delataron tus ojos cafés en forma de almendra y tu sonrisa contagiosa que provoca abrazarte. Le dijo el nombre y le pidió permiso para abrazarla. " ¡Que gusto me da verte!, tenía tanto tiempo de no saber de ti. ¡Guau! ¡Cómo has cambiado! ¡Eres toda una mujer! Quién iba a imaginar que la niña flaca tendría esta figura, pareces una avispa muy hermosa."

Ella sonreía muy complacida con cada halago que le hacía el muchacho y lo golpeaba a puño cerrado en el pecho.

" ¡Claro que también recuerdo que eres muy brusca, siempre me andabas pegando como en este momento!" Ella le colocaba la cabeza en su pecho y le decía: "no seas malo", pero con la misma le hacía cosquillas en las costillas. Ambos se unían en un abrazo cariñoso. "¡No cambias, siempre bromista!" "Y no cambiaré, quien me quiera me querrá como soy", se afirmaba con fuerza.

Continuaron el camino lado a lado por la oscuridad y Romax preguntó: "¿No trajiste a tu pareja? y ella respondió de inmediato: "¡No tengo!". El chico se detuvo y se puso delante de ella para observarla, luego le agregó: "con el cuerpo que te manejas lo dudo que no se fijen en ti, quizás debe de ser el carácter pero aún así no es motivo suficiente para que te ignoren". Ella muy pícaramente le dijo: "no son ellos, soy yo quien no quiere por el momento nada con los hombres". "¿No me digas que eres del otro bando, la vida me decepcionaría mucho?". Ella lo tomó con gracia y dijo: "para nada, me gustan los hombres pero soy yo quien decide, no ellos".

Él se le quedó mirando y poniendo su brazo sobre el hombro de la mujer agregó: "¡Me encantas! Me gusta tu madurez, sigue así porque vas por buen camino. Al hombre que elijas le llamaran dichoso por haber tenido en sus brazos a una joven como tú". Ella se abrazó al joven y agregó: "¡Gracias!, por esas lindas palabras."

Romax iba a responderle cuando unos perros les salieron al encuentro con mucha rabia, el chico para protegerse y proteger a la joven, se sacó su cinturón y lanzó varios golpes a los animales. En su intento por defenderse, éste golpeo a la chica en la pierna y ésta le respondió con un golpe sólido en el hombro.

Los perros se alejaron, pero la chica quedó enojada porque el latigazo fue fuerte. Lo único que pudo hacer el joven fue pedirle perdón, pero aún así la mujer no se calmaba.

Al llegar al mismo lugar para entrar al potrero, Romax le dijo: "aquí tenemos que cambiar de camino porque los perros de las próximas casas son más bravos. ¡Me sigues o continuas!", ella se le quedó mirando sería como diciéndole que no tenía otra elección. El joven pasó primero el alambrado y la chica lo siguió sólo que al no permitir que le ayudara se quedó atrapada entre los alambres. Su vestido cortó estaba atrapado y su cuerpo mostraba el bikini que tenía puesto.

—"¡Ayúdame!, le dijo enojada. "¡No mi amor!, así no se pide ayuda! Primero bájeme ese tono y enojo porque yo ya le pedí perdón y se lo vuelvo a pedir, segundo no ha dicho la palabra mágica". Ella comprendió el mensaje y bajó sus humos. "¡Por favor ayúdame! No seas malito." —Le hizo unos ojitos de gatita muy mansa.

—"Así sí, cuando hablas de ese modo es como una dulce melodía para mis oídos." Se acercó al alambrado y con mucha picardía le levantaba el vestido para verle mejor sus piernas. "¡No abuses!", le decía la chica.

Cuando ya estaba fuera de peligro comenzó a pegarle fuerte en el hombro y el joven para calmarla la abrazó fuerte y le dijo: "¡Ya no me pegues! Porque si no me voy a ver obligado de besarte." Ella se calmó y retándolo le dijo: "¡Hazlo! y veremos que te pasa." Le golpeo el pecho suave.

Romax viéndose retado se inclino para besarle suave en la mejilla, luego cerró los ojos para esperar la respuesta de la chica. Ella le tomó el rostro y lo besó fuerte sorprendiendo al joven que no pudo respirar durante ese tiempo. Luego al separarse, ella le dijo: "¡Para que no creas que soy bruta, también se ser mujer!".

El muchacho sonrió de buena gana y agregó: "¡No cambias!" Este beso me recordó cuando me besaste cuando éramos pequeños.

La chica se sonrojó y se notó en la oscuridad porque el recuerdo la transportó a su niñez. Ese beso lo había dado porque aquel niño, en el momento, era su príncipe azul.

Ambos parecieron revivir viejos instantes y a una sola voz dijeron: "¡No peleemos!", sonrieron y se abrazaron con mucho cariño.

En son de broma, ella dijo: "¡Creo que no podré continuar por este montón de chiriviscos secos, me arañaran las piernas!" Él sonrió y le dijo: "la única alternativa es que te cargue, como lo hacía cuando eras pequeña". "¿Puedes?", le tocó los brazos.

El chico no dijo nada, pero la tomó por las nalgas y se la subió a la cintura. "Por lo menos lo intentaré", y se metió al potrero. Como a los cien metros se tuvo que detener porque estaba cansado. Ella se quedó de pie y él acurrucado agarrado de sus rodillas recuperando el aliento. La chica mientras tanto le acariciaba el cabello y disfrutaba del cielo estrellado.

Romax se puso a acariciarle las piernas y le dijo: "¡Tienes hermosas piernas!", la chica bajó su mirada y se subió el vestido hasta debajo de su bikini. Luego le dijo: "¡Son hermosas y estoy orgullosa de ellas!" Después levantándolo por el mentón logró ponerlo de pie. Le tomó las manos y las besó. Nuevamente el joven quedó sorprendido por ese gesto.

El chico para tratar de salir de ese momento, le dijo: "¡Debemos continuar!" y ella aceptando la iniciativa, se levantó su vestido hasta la cintura para abrir sus piernas con libertad. Romax la tomó de nuevo de las nalgas y se la colocó en la cintura, la joven por su parte se colgó del cuello de éste para sostenerse mejor.

—¿Te acuerdas cuando éramos pequeños?, le decía ella al oído mientras caminaban. El joven respondía con un si suave que denotaba inseguridad. "Tus primos te molestaban conmigo diciéndote que eras mi novio y tu te enojabas". Él sonreía como volviendo al pasado. "¿Por qué te enojabas?", preguntaba la muchacha. "No lo sé, quizás porque nunca me gustó la mentira". "Sabes, a mí si me gustaba la idea de sur tu novia, por eso te besé." Él se detuvo como asombrado y respondió: "¡De verdad!, pero eras muy pequeña para que estuvieras pensando en novio." La chica sonrió y agregó: "¡Creo que sí!".

Un silencio se marcó entre los dos, pero luego la muchacha dijo: "¡Mañana me iré y quizás nunca más volveremos a vernos, tú te irás para tu nuevo país y yo me regresaré a mi rutina! ¿Sabes porque quise venir a esta boda? ¡Fue para verte! Todos estos años he sabido de ti por tus primos y siempre desee que me vieras hecha una mujer".

Romax se detuvo nuevamente y un poco curioso le preguntó: "¿Por mí?, ¿haz venido a la boda por mí?" Ella, que estaba de pie junto a él, le confirmó lo dicho. "Tú fuiste mi primer amor y nunca te he olvidado, esta era la oportunidad de sacarme la espina que llevaba clavada." "¡Tu primer amor!, pero si nunca te dije nada, agregaba sorprendido. "Lo sé, pero para una mujer un beso es más importante de lo que te imaginas; siendo niña ese gesto era una confirmación de mis sentimiento, con ello te decía que eras mi novio."

El muchacho no sabía que decir y ella lo intuyó. "No te pongas mal porque no te estoy pidiendo nada, solamente es un sueño de niña. Ahora que te veo buen mozo me felicito de haberme fijado en ti. Me agrada hasta donde has llegado, debes de seguir adelante".

"¡No te equivoques!, en verdad no soy tan buena persona como piensas. Tengo más defectos que virtudes y tú eres una hermosa mujer que no tiene nada que envidiarle a nadie. Me siento halagado de que me hayas considerado tu príncipe azul cuando niña, pero tienes que ser realista porque aquí tienes frente a ti a un joven como cualquier otro en la tierra."

Ello lo miraba con ternura y respondía: "lo sé, pero aún así me gustas mucho aunque te advierto que no estoy enamorada de ti. Sólo deseaba verte para que me vieras, quizás aún guardo tu negativa de mi niñez". El chico respondió tratando de disculparse, "pero te dije que no era por ti, si no que no era verdad."

Romax le tomó la barbilla y le dijo mirándola a los ojos: "te has convertido en una mujer hermosa, me gustaría ser tu príncipe azul pero estoy un poco despintado interiormente. Pero si aceptas ser mi novia en este lapso del camino hasta llegar a la casa o por lo que queda de tiempo antes de que te vayas, me harías un hombre feliz".

Ella dijo: "¡No!, porque me voy a sentir triste al partir. Mejor dejemos las cosas así, un hombre y una mujer en pleno potrero bajo las estrellas", sonrió. Luego agregó, "Esto merece un brindis" y sacando una botella de ron de su bolso se la mostró al joven.

Tomando la botella le dijo a ella: "¡Tú eres una cajita de Pandora!, traes sorpresa tras sorpresa". "Y aún hay más", le dijo en son burlesco. "¿Dónde habrá un lugar para descansar?", preguntó viendo para todos lados.

Romax la volvió tomar entre sus brazos y le dijo: "¡Tengo un lugar que te va a gustar! Está embrujado de amor porque ahí los amantes se escapan a volar", le sonrió de manera pícara y se dirigió al sitio donde había estado anteriormente. Ella en son de coquetería le respondió: "me encanta la idea, lastima que no seamos amantes porque esta noche fácilmente me escaparía contigo." Al llegar, la puso de pie sobre la piedra plana.

—¡Me gusta!, dijo ella emocionada y dando vueltas con la botella entre sus manos. El joven que se había sentado, se quitó su saco y se acostó a su lado para verla jugar como una niña. Ella alzaba sus manos y parecía tocar el cielo con sus dedos. Luego bajo su mirada y lo descubrió mirándola fijamente; abrió sus piernas, se subió el vestido y se sentó sobre el estómago del muchacho. Le desabotonó la camisa y le acarició el pecho, abrió la botella y se tomó un trago para luego compartirlo con un beso que duró mucho tiempo.

Una balada en inglés que sonaba a lo lejos hizo que la chica se pusiera de pie y lo invitara a bailar. Romax sabía lo que ella deseaba y se prestó al juego, al ritmo de la melodía la fue desnudando y con mucha dulzura la acostó sobre su saco. La besó de pies a cabeza e hicieron el amor por la primera vez hasta que ella no puedo aguantar más la emoción de ser amada. Un sueño se estaba realizando en una niña que se convertía en mujer.

Romax volvió a la fiesta agotado, pero contento. Al final de ésta, él se quedó solo esperando por los camiones que llegarían por las cosas alquiladas. Fue en esa soledad que la tercera mujer lo encontró descansando medio desnudo. Ella, que había bailado y bebido bastante, deseaba terminar la ocasión con broche de oro. Se le insinuó sin ninguna timidez y el chico respondió con prontitud al desafío, sólo que en esta ocasión el agotamiento era bastante. La fortaleza de la juventud le ayudó a cumplir el mandato con nobleza y orgullo.

También a la fiesta llegó una sorpresa inesperada, la media novia llegó para pedirle disculpas por no esperarlo. Ella tenía de casada casi dos meses y su esposo no había podido acompañarla por razones de trabajo. Lastimosamente durante la actividad no tuvieron mucho tiempo para hablar de ellos porque al chico lo llevaron de un lado para el otro sin darle mucho tiempo de respirar. Ellos apenas tuvieron la oportunidad de bailar media canción porque alguien llegó por el chico para que resolviera uno de los innumerables problemas que se presentaron durante toda la noche. Pero, aún así, ellos pudieron darse cuenta que sus cuerpos se acoplaron muy bien y volvieron a vivir viejos momentos; solamente que esta vez, el deseo fue más claro y contundente. "Donde hubo fuego cenizas quedan", dice el refrán.

Al día siguiente, por la tarde, los primos y amigos decidieron ir a la playa de "Garita Palmera" que se encontraba a media hora de distancia. Reunieron tres vehículos y aunque en su mayoría iban hombres, también se unieron algunas primas y sobrinos. En total iban más de treinta personas, dentro de las cuales iba su media novia. El chico pensó que sería una buena oportunidad para cerrar ese círculo de su vida y comenzar algo nuevo.

Llegaron a la playa a eso de las dos de la tarde y se metieron al mar apenas pusieron los pies en la arena color plomo; el mar estaba llenando y las olas cada vez eran más altas y bravas. Unos decidieron poner hamacas entre las palmeras, otros a buscar cocos y los borrachos, como siempre, cerveza con cócteles de conchas negras. Después, cuando el sol en el horizonte comenzaba a descender para irse a dormir, una prima con la media novia decidieron recorrer la playa para recoger conchas en dirección de una pequeña bocana, encuentro de un río con el mar. Romax dejó que se alejaran un poco y se fue entre las palmeras para unirse a ellas en la distancia para evitar a los mirones. La prima comprendió el mensaje y cuando éste se unió a ella, decidió volver al campamento bajo el pretexto de que había olvidado algo.

Ambos sabían que la prima se alejaba para dejarlos hablar en privado, ella sospechaba su relación, pero se guardó sus sospechas. Caminaron juntos y solamente la arena y las olas que besaban los pies desnudos fueron testigos de sus palabras. No hubo reproches ni reclamos porque lo sucedido había pasado siguiendo sus propias reglas, pero ellos sabían muy bien que entre ambos aún existía algo especial. Terminaron de hablar de sus cosas y continuaron en silencio varios minutos.

Fue Romax quien tomó la mano de la joven para apretarla. Ella por su parte la tomó y se puso a acariciarla con las dos manos, luego la besó. Se pararon y se pusieron uno frente al otro, se sonrieron y se abrazaron calidamente.

Ellos habían llegado cerca de la bocana, la muchacha se apartó del joven y se puso a correr para subir una pequeña montaña de arena que separaba el mar y el río que se extendía por un largo estero. Desde lo alto se podía observar aún el sol besando el horizonte y del otro lado, el estero y sus manglares. Romax había quedado cerca de la playa observándola; luego, de improviso, ella se quitó la camiseta que llevaba puesta y le gritó que la siguiera. La mujer se perdió cuesta abajo por el otro lado de la montaña de arena. Era claro que había decidido bañarse en el estero y quería hacerlo con él. En el ambiente había un poco de morbo y el muchacho decidió seguirla después de espantar los principios de respeto por ser una mujer casada. "La piel es frágil cuando el deseo se viste de pordiosero", se dijo en silencio mientras caminaba subiendo la cuesta de arenas.

Al llegar a la cima, para su sorpresa, la mujer se estaba ahogando. Su sorpresa fue tal que no tuvo tiempo de pensar dos veces, se lanzó al rescate de su amada. Mientras corría se recordaba de la primera vez que salvó a alguien de morir ahogada, fue cuando apenas era un niño. La camiseta que llevaba puesta salió volando en el camino porque podía ser causa de problemas, "cuando una persona se está ahogando se aferra a todo lo que ve o toca", pensó.

Al llegar a la orilla del agua se metió corriendo y se lanzó para tratar de llegar por detrás de la victima. Lo primero que pensó fue hacer lo mismo que hizo en su niñez, se impulso desde el fondo y al igual que un torpedo la tomó por las nalgas y la sacó fuera del agua por unos segundos. Esto permitió que la joven respirara y retomara su espíritu. La misma inercia la hizo bajar y Romax aprovechó para cogerla de la forma correcta, es decir por detrás metiendo uno de sus brazos por debajo de los brazos de ella. La tranquilizó hablándole suave y ella viendo al cielo trató de recuperarse.

Al salir a la orilla, la muchacha trataba de sacar el agua ingerida por lo que el joven colocándola de lado le facilitó la tarea, ella perdió conocimiento y Romax no tuvo otra opción que darle respiración boca a boca. Un miedo se instaló en él al pensar que la podía perder y pidió ayuda al cielo. "¡Padre ayúdame!", gritó en su pensamiento.

Al instante mismo, la mujer dio signos de vida sacando el agua restante de su cuerpo. Ella lo vio y se puso a llorar; él en cambio, aún medio traumatizado, le sonrió nerviosamente. Ambos, muy asustados, se unieron en un beso al borde de la playa. No supieron en qué momento ese beso se convirtió en pasión y terminaron haciendo el amor. No se querían separar, pero la noche los obligó a volver al campamento. Cuando llegaron, el resto de los veraneros los estaban esperando y solamente se subieron a los vehículos respectivos. Para sorpresa de los dos, los hombres habían planificado deshacerse de las mujeres porque deseaban seguir con la fiesta. Le dijeron al conductor que llevaba a todas las viejas, como les decían a sus mujeres, que acelerara para que el polvo de la calle que se levantaba con el paso del carro cubriera el rastro de ellos. El transporte que llevaba a los machos había hecho media vuelta en la salida del pueblo y regresado a la playa. Romax lamentaba el hecho de no haberse despedido de su ex porque sabía que se marcharía al día siguiente, "ese círculo sigue abierto", se dijo.

Esa noche, se divirtieron entre cervezas, cigarros, canciones y una fogata; hasta fueron a dar una serenata a unos canadienses que estaban en un rancho de lujo.

Cuando llegaron al día siguiente al pueblo se encontró con la sorpresa que la muchacha aún se encontrarla ahí. Sus miradas decían mucho sobre sus sentimientos, pero callaban sus palabras para evitar malos entendidos y sobre todo el surgimiento de chismes que un día podrían perjudicarla.

Al igual que el joven, ella estaba convencida que aún ese círculo no estaba cerrado. Para los dos era necesario un último encuentro y durante el día fue imposible lograr ese objetivo.

Por la noche, Romax decidió quedarse a dormir en una hamaca en el patio de la casa y la mujer lo hizo compartiendo una cama dentro de la casa con otra joven. El cansancio del ajetreo de las actividades provocó que medio mundo cayera dormido sin tanto alboroto, los ronquidos no tardaron a sonar y el canto de los grillos a aparecer. Algunas luciérnagas se introducían de manera imprudente y la brisa que llegaba del mar espantaba a los pocos zancudos que andaban molestando.

Nuestro héroe meditaba en silencio y recorría intrigado todo lo que había vivido en ese viaje. Se extrañaba enormemente como fueron dándose las cosas con todas las mujeres que había conocido, era la primera vez en su vida que las cosas se daban en su favor para facilitarle ese tipo experiencia. En una semana había hecho más sexo que lo que había logrado en muchos años. Era curioso observar como después de haber decidido no poner el corazón en juego, se le facilitaba el acceso al sexo opuesto.

En la hamaca, los recuerdos lo llevaban a su infancia y los ruidos nocturnos se entremezclaban para adornar un ambiente especial. Las ratas pasaban corriendo sobre los maderos; los grillos cantaban serenatas tristes a lo lejos; en el tejado, los gatos parecían tener los pies muy pesados; la luna, con su mágica mirada, desplegaba un manto claro y sereno sobre las cosas; los ronquidos de sus tíos, ponían el toque de gracia al ambiente y los murmullos de las primas, chismeando calladamente, hacían sentir algo especial al joven.

El sueño dio cuenta de la noche y todo fue cayendo en el silencio. Un calor de verano se instaló en el ambiente y la humedad comenzó a dar efecto en los cuerpos dormidos. En la madrugada, en la oscuridad, una figura femenina salía del cuarto de las mujeres y rozando suavemente la hamaca lo despertó. Romax vio el cuerpo femenino alejarse en la oscuridad en dirección de los baños al exterior de la casa.

Romax que no era ningún tonto decidió seguir a la chica en silencio para evitar testigos. Era imposible no reconocer la figura, sus enormes pechos la delataban. El joven pensó: "ésta es una buena oportunidad para hablar con ella". El lugar estaba como a unos quince metros de distancia de la casa principal. Era un cuarto de ladrillo sin techo con una pila de agua que salía y entraba al cuarto.

Romax llegó al lugar y escuchó como la chica se echaba agua suavemente sobre su cuerpo. Un deseo inmenso le invadió su pensamiento: "entrar al baño y amarla intensamente". Al dar un paso hacia delante, él rompió una rama seca que gritó muy fuerte en el silencio de la noche. Ella preguntó asustada: "¿Quién anda ahí?" Ella lo sabía pero quería confirmar su sospecha.

El muchacho no tuvo otra opción que presentarse para no asustarla. "¡Soy yo, Romax!", dijo calladamente. La mujer, entonces, pareció pensar su respuesta y agregó: "¡Entra!". Sin pensarlo dos veces, entró al pequeño recinto de ladrillos mojados. Ella estaba completamente desnuda, la luz de la luna la bañaba amorosa y su cuerpo parecía reflejar una especie de magia natural.

Él la vio con una mirada de enamorado; ella estaba de espaldas a él y continuaba su baño matinal sin inmutarse un pelo. El joven se acercó a ella y comenzó a acariciarle la espalda mojada con sus manos temblorosas, estaba nervioso. Ella para darle confianza le dio la bola de jabón para que éste le ayudara con la limpieza de su cuerpo y le dijo: "¡Tomate tu tiempo!". El muchacho se inspiró y comenzó a navegar en aguas conocidas. Luego, ella comenzó la conversación como quien le habla al silencio: "¡Te estuve esperando, pero comprendí que seguir atada a unas cartas no era sano para mí. Apareció alguien a quien quiero y me da seguridad. Él ya tiene otros hijos, pero tenemos una relación muy bonita. Me siento bien a su lado y aunque acabamos de casarnos nuestra relación esta en pañales; a penas hemos hecho el amor varias veces." Romax que la escuchaba mientras la enjabonaba, le respondió: "no tienes porque darme explicaciones, ¿te acuerdas de la promesa que hicimos? Ambos quedábamos en libertad para comenzar cualquier relación.

La mujer respiró profundo y dándose media vuelta le tomó las manos para subirlas por su cuerpo. Quedaron viéndose fijamente y ella le dijo: "¡Perdóname". Él la beso suave en los labios y le respondió: "no tengo nada que perdonarte. Sólo deseo que seas feliz."

Él la miró a los ojos y le dijo: ¡Gracias por esperarme y no marcharte! En verdad me quedé con el deseo de volverte a ver y despedirme como se debe. Ella sonrió y le agregó: "¡Creo que te sigo debiendo una!".

Ambos sonrieron porque sabían que la única forma de poner fin a esa relación era consumando lo que habían comenzado. "¡Deseo que seas feliz!", le colocó las manos sobre el pecho. Él le levantó la barbilla diciéndole: "¡Deseo que nunca me olvides!" "¡Nunca!", dijo ella besándolo suave. Un abrazo fuerte lo unió en lo cálido de la madrugada. Luego, las palabras callaron y los cuerpos se unieron por última vez dando paso al cierre de una breve historia que marcó a ambos de una manera especial.

Romax volvió a su país adoptivo con la certeza que había cerrado otro capítulo de su vida. En ese momento, había decidido, sin saberlo, que nada lo ataba a su país de origen, por lo que no tenía la obligación de volver. Incluso se había ido a despedir de sus padres por si no los volvía a visitar, deseándoles que descansaran en paz.

"No me queda nada más que decir,
nada que agregar ni eliminar.
Las cosas han caído en su lugar,
el tiempo ha puesto un punto y aparte.
No tengo por qué buscarte,
ni tienes por qué esperarme.
Te guardaré en el silencio de mi pasado,
en la nostalgia de mi memoria;
no eres herida que me ha dañado,
sino un verso en mi historia.
Por eso, al recordarte,
estaré seguro de que has sido algo importante."

3.3 El vacío espiritual

Después de haber cerrado algunos círculos que no lo dejaban avanzar en su vida, Romax había decidido dedicarse por completo a salir adelante en su nuevo país de acogida. Se puso a estudiar día y noche el francés, además consiguió un empleo en una fábrica de manufactura de ropa. Trataba de estar ocupado el mayor tiempo posible para evitar pensar en cosas negativas.

Del amor no quería saber nada serio, él seguía con su plan de aprovechar todas las oportunidades que le ofreciera su camino con el sexo femenino. Aquellas que buscaban algo serio no tenían cabida en su cementerio y en su corazón porque éste estaba cerrado con candado a doble llave. La única hendidura era la posibilidad de enamorarse como Dios manda, pero para llegar a ese punto estaba difícil porque le huía a esa situación desde que percibía sus olores en la distancia.

Sus hermanos, por el contrario, parecían gozar de una excelente salud espiritual y esa felicidad muchas veces le ocasionaba celos y un resentimiento con la vida. En muchas ocasiones que la familia celebraba algún acontecimiento importante como los cumpleaños, su participación se limitaba a estar presente. Se aislaba de ellos con algún pretexto, sonreía por compromiso y en las fotografías familiares siempre salía malencarado. Sus ojos mostraban signos de tristeza profunda y una melancolía extraña que su espíritu de escritor no le ayudaba mucho porque lo metía aún más en su refugio interior.

Sus hermanas vivían inquietas desde que se había separado de ellas, todas las señales mostraban un camino directo al suicidio. Ellas trataban de hablar con él, pero desde que el joven intuía sus intenciones, automáticamente el muchacho se cerraba y enojándose lograba poner un punto final a una posibilidad de conversación.

Parecía como si hubiera perdido el deseo de vivir; igualmente en sus ojos se veía un dolor de soledad, que a pesar de ocultarlo, salía a la luz por la actitud huraña y melancólica que ponía a su alrededor.

La idea del suicidio ya había dado varias vueltas en su cabeza, pero desde que vio a un muchacho lanzarse sobre los rieles cuando el tren subterráneo pasaba lo traumatizó por completo y se prometió jamás intentarlo. Ya antes había deseado morir, sobre todo cuando en sus muchas aventuras estuvo contando los segundos para llegar al fin de sus días. Atrapado se dejaba caer en el vacío de su vida aceptando que su muerte era la única salida, pero siempre hubo un impulso sobrenatural que lo sacaba en el último instante de esa situación.

Su lado práctico y lógico lo llevaba en sus noches de bohemio a visitar los bares y discoteca con la única finalidad de levantarse una mujer para saciar sus noches de sed sexual. En esa etapa, los tamaños, colores y edades del sexo opuesto no le importaban nada, la excepción eran las menores de edad con quienes no quería saber nada. Esto por el aspecto legal que traía grandes consecuencias, porque de lo contrario en esa sociedad era carne fresca a bajo precio. No era complicado abordarlas y ofrecerles un poco de droga, estas jóvenes por saciar su sed del vicio aceptaban cualquier invitación.

Este frecuentar lo llevó directo a otros vicios: el cigarro lo aceptó a regañadientes porque era una forma de abordar a las fumadoras, el alcohol con aquellas amantes de los licores fuertes que lo utilizaban como pretexto para desinhibirse y la música, salsa y merengue, para alcanzar a las que se jactaban de tener un cuerpo escultural y buscaban hombres en buena condición física.

Todo esto le provocó caer en un vacío espiritual, dedicarse solamente a él no lo llenaba ni le daba sabor a su vida. Luego se incorporaron a su pensamiento las primeras preguntas existenciales que siempre llegan en el peor momento como para ponerle jaque mate a una situación: "¿Quién soy? ¿Adónde voy? ¿Por qué estoy aquí? ¿Qué debo hacer en mi vida? ¿Por qué no logro encontrar una claridad en mi camino? ¿Qué es lo que la vida pide de mí? ¿Qué debo hacer para encontrar la felicidad? ¿Si Dios existe, por qué permite tanta maldad? ¿Por qué pareciera que nada hago bien?", todas estas preguntas iban haciendo mella en su espíritu de manera suave pero segura.

Él sabía que creía en Dios, pero al igual que la mayoría de personas, no era practicante; se declaraba católico de palabra, pero ni siquiera sabía rezar, mucho menos orar. La verdad era que muy pocas veces había visitado una iglesia en su país y cuando hablaban de los sacerdotes era como si hablasen del mismo diablo; los consideraba como una farsa total, ninguno se salvaba de su concepto. Claro que toda esta percepción del gremio sacerdotal era a causa de los comentarios, chismes y toda la propaganda vehiculada por los medios de información masiva; él siempre estuvo al margen de toda actividad religiosa y en su ciudad lo hacía por razones de carácter social: asistir a un bautismo, boda o muerte. En su nuevo hogar, no había visitado ninguna parroquia con fines religiosos sino turísticos.

Todo ese torbellino espiritual que había comenzado como una simple lluvia pasajera se convertía de manera sutil en una tormenta tropical y se dirigía a transformarse en un ciclón de categoría cinco; esto por los vientos que soplaban en su interior. Aún así, él no le daba importancia a todas las señales que le enviaba la vida para que se preparara a su llegada, su ritmo de vida no cambio en lo absoluto. Parecía que había alguien cerca de él que gozaba con echarle leña al fuego; cuando todo daba señales de tranquilidad y se daban los elementos para un cambio, se presentaba una nueva situación que lo metía nuevamente en la tormenta. Él había decidido mejorar su situación, pero sin cambiar sus hábitos; cosa casi imposible de hacer. Por ejemplo, el chico se había empeñado en estudiar francés para buscar una de las llaves que le permitieran abrir una de las puertas de su profesión y aunque él sabía que no era fácil hacerlo al mismo tiempo que trabajaba, se inscribió a una escuela pública para estudiar de noche. La experiencia pasada con su licenciatura le había demostrado que con esfuerzo y sacrificio todo se puede lograr, pero no sabía que en esa institución se iba a encontrar con una belleza latina de origen colombiano que le pondría la casa patas arriba. Desde que la vio por primera vez su corazón se entusiasmó, pero la chica no le regaló ni siquiera una mirada. Todos los hombres en la escuela babeaban por ella y lo peor era que la chica lo sabía, gozaba haciéndolos sufrir.

Romax seguía con su misma idea con relación a las mujeres "no entregar el corazón a las primeras de cambio y disfrutar de una nueva experiencia cada vez que se pudiera; eso sí, sin ocasionar daños a terceros". Por eso, como todo un administrador de empresas se puso a planificar su estrategia de conquista: primero, averiguar todo lo posible sobre el objetivo de conquista y segundo, establecer un plan de ataque para realizar la casería de la presa deseada. Con el primer punto no tuvo mucha suerte porque muy pocas personas eran amigas de ella y las más cercanas casi no sabían nada de su vida o eran muy discretas, por eso no podía comenzar con el segundo paso. Como sucedía con frecuencia, cuanto más difícil se hace la presa más excitante es su cacería.

Quiso acercarse para enamorarla, pero al ver el rechazo que hizo a los otros muchachos, no deseo aventarse al agua a sabiendas de que le colgaría una piedra al cuello para que se ahogara de inmediato. Entonces, decidió utilizar la estrategia de la amistad, pero de igual manera la chica no le dio entrada. Sin embargo, sucedió que en una noche de rumba, la encontró por casualidad en una discoteca rodeada de muchos hombres que aparentemente tenían mucho dinero; esto porque consumían bebida y cigarros de marca internacional, o sea: muy costosos.

La chica bebía y salía a bailar salsa de vez en cuando, se podía decir que era una diosa moviéndose al ritmo de esa música tan sensual, lo que hacía pensar que en la cama sería una fiera queriendo consumir a su presa. Muchos incautos quisieron acercarse a ella para invitarla, pero los acompañantes se encargaban de espantarlos y aquellos que lograron acceder a una oportunidad, no lograron pasar a una segunda porque no bailaban bien el estilo musical. Ella era muy exigente con sus acompañantes bailarines. Romax que no era muy diestro en ese arte prefirió quedarse como observador. Claro que desde ese día se convirtió en cliente asiduo del lugar y por consecuencia, consumidor de alcohol, cigarro y marihuana, este último indirectamente. Además, se puso a estudiar ese ritmo caribeño que tanto apreciaba su amada por si algún día el destino le daba la oportunidad de tentar su suerte.

Como dicen, la paciencia es la madre de la ciencia y en su caso fue la celestina de unas noches divinas al lado de su amor colombiano. Con el pasar del tiempo se dio cuenta de que la mencionada chica no era una santa, lejos de eso, era considerada como una pequeña diabla. Estaba metida en el mundo de la prostitución y la droga; su trabajo parcial, como lo llamaba, no era otra cosa que ser acompañante de hombres de mucho billete y, de manera informal, intermediaria para vender drogas. Esa era una de las causas por las que estudiaba la lengua francesa porque en estos casos, las lenguas son muy importantes para transmitir los mensajes y convencer al cliente. Ella era simplemente acompañante, pero si el cliente quería acostarse con ella tenía que pagar una buena lana; eso, sí la joven lo deseaba. Según decían, muchos no lograban el objetivo aún teniendo y ofreciendo mucha plata. Aquellos que llevaba a la cama eran muy bien elegidos por ella y nadie más.

Romax solía quedarse muy tarde en la discoteca, era uno de los últimos en salir del lugar si la chica se encontraba allí. No eran todos los días que ella frecuentaba el sitio, por lo general eran viernes y sábados; la joven no aparecía por ahí el resto de la semana. Así fue como un día al salir de la disco, para sorpresa suya, al mismo tiempo que se introducía a un taxi para irse a su apartamento, ella entró inmediatamente detrás de él.

Sorprendido se le quedó mirando y ella apenas dijo: "¿Puedo compartir el taxi contigo?" Al joven no le quedó otro remedio que aceptar diciendo un poco a voz baja que sí.

El taxista, creyendo que eran pareja, preguntó la dirección y en ese momento, él no supo que responder, simplemente miró a la muchacha para que esta dijera sus coordenadas. Ella entendió el mensaje y dijo el lugar dónde vivía. Después, Romax agregó otra dirección que estaba en el camino, para suerte de él ambos vivían relativamente cerca. Durante el recorrido ninguno de los dos quiso entablar la conversación, el muchacho por respeto no quiso decir nada para invitarla a platicar porque observó que ella no se sentía de ánimos para dialogar. Ella por su parte apreció el gesto, pero se dio cuenta de que al salir precipitadamente había olvidado su cartera. El rostro de ella cambió por completo porque no sabía como pagar el transporte, pero el muchacho, casi como leyendo el pensamiento, le dijo: "¡Permíteme pagar el taxi!" La mujer lo vio con cara de agradecimiento.

La mujer había recibido la invitación como una bolsa salvavidas en medio del océano y sus ojos brillaron de manera especial que provocó en el chico un placer inmenso. Cuando el muchacho salió del auto color amarillo, ella le dijo "gracias" y su corazón recibió una bocanada de aire fresco y se dio por satisfecho por todo el esfuerzo realizado. Él sabia que había marcado puntos en la cuenta de la mujer, el futuro le daría la razón.

Al bajarse, él tomó el cuidado de indicarle donde estaba su departamento como esperando que un día lo visitara. Además, como era la chica quien se bajaba de último, le dejó suficiente dinero para pagar el taxi dos veces. La mujer comprendió el mensaje y agradeció nuevamente el gesto.

Esa noche, Romax durmió en su apartamento como un angelito, cosa que no había hecho desde que había dejado a sus hermanos hacía seis meses atrás. Él sabía que había sembrado una semilla muy valiosa en el corazón de ella y que con el tiempo brotaría esa plantita. La llave de la puerta de su amada le había caído como por arte de magia. El próximo encuentro daría la respuesta verdadera, pero para su mala suerte, no se volvieron a ver sino varias semanas después. El muchacho pensaba que entre más tiempo pasara, se corría el riesgo de que ella lo olvidara. Para su sorpresa, fue la mujer quien lo buscó para pedirle que bailaran; sabía que éste no era un gran bailador, pero el pretexto fue bien utilizado para agradecer el gesto de ayuda. Desde ese día todo fue diferente, se lanzaban miradas y se saludaban con cariño; inclusive, llegaron a compartir nuevamente el taxi.

La relación no pasaba de lo superficial, pero al joven eso era lo último que le importaba porque según él, había dado un gran paso para conquistarla aunque había decidido disimular su sentimiento para que no lo mandara a volar antes de tiempo. En paralelo, de vez en cuando, seguía llevando flores nocturnas cada vez que podía para saciar su deseo sexual. Él estaba seguro de que lo único que pedía al cielo, era poder compartir una noche con la mujer más linda que habían visto sus ojos. Ella era demasiada mujer para él y sus límites financieros nunca estarían a su alcance. Seguro de sí mismo se decía: "me basta con que me regale una noche de amor, con eso me doy por satisfecho. Se muy bien que ella es mariposa de otro jardín y gaviota de otro cielo". En su oración antes de dormir siempre rogaba por una oportunidad con su diva.

Fue tanto el rogar que quizás el cielo se aburrió de tanto martillar con el mismo cuento. "Toquen y se les abrirá", dice la Biblia. Así, una noche de tempestad blanca donde todo parece estar ausente y las calles vacías por la acumulación de agua en forma de nieve, ella se presentó llorando en la puerta de su apartamento.

Eran más o menos como las diez de la noche y él se acababa de acostar; aún su plegaria estaba en el aire de su cuarto. Por eso, su sorpresa fue mayor porque parecía una respuesta a su pedido. Para colmo la electricidad se había ido del lugar; en esas situaciones era lo más normal porque muchos árboles no aguantaban con el peso de la nieve retenida en sus ramas y cedían llevándose a su paso todo lo que estaba por delante, los cables eléctricos siempre pagaban el precio de ello.

La tormenta ya había alcanzado los quince centímetros de espesor, las calles estaban completamente cubiertas y los vehículos estacionados simplemente parecían bultos blancos haciendo fila en los extremos de la carretera. Para los carros era casi imposible moverse porque los limpiadores de nieve no habían comenzado su trabajo, pero para los transeúntes era más fácil si se tenían las botas adecuadas, con cada paso se llegaba hasta la rodilla.

En el sector donde vivía Romax las casas eran de doble piso y las entradas de las segundas plantas tenían acceso a través de escaleras de madera o metal exteriores en forma de caracol o culebreadas. En ese momento su escalada era muy dificultosa y se tenía que subir agarrado de las barandas que la acompañaban.

Cuando el timbre de la puerta sonó, el muchacho se asustó porque creyó que a esa hora solamente alguien de su familia podía estar tocando y significaba por ende un problema grave al horizonte. Un poco asustado se precipitó medio desnudo a la entrada y para su sorpresa encontró a una mujer llorando pidiendo posada. Al inicio no la había reconocido porque estaba cubierta de nieve y su grueso abrigo de oso la cubría de pies a cabeza. La chica temblaba porque el frío había comenzado a realizar sus efectos puesto que la nieve había entrado por sus botas altas.

Romax simplemente la hizo pasar adelante sin preguntar qué pasaba. En lo oscuro de la habitación, el joven le ofreció asiento en el único sofá que tenía y pidiéndole amablemente su abrigo lo colgó cerca de la puerta. Ella se quitó las botas sin preguntar automáticamente porque era una costumbre en invierno para no mojar el interior de las casas. De una caja colocada en la base de donde ponía los abrigos, el muchacho sacó un par de botines de lana para que la visitante se calentara sus pies mojados.

Cuando ella se quitó la vestimenta de invierno, él se dio cuenta de que la chica estaba muy bien vestida, como alguien que venía de una fiesta muy importante. En ese momento, a oscuras, se dio cuenta de que estaba en calzones y trató de ponerse una bata de lana para cubrirse. Mientras buscaba su prenda hablaba a solas pidiendo disculpas por su estado y desde su sitio la mujer no decía nada, simplemente veía los movimientos torpes del joven que parecía un poco nervioso.

No era para menos, su amada estaba en carne y huesos delante de él. Romax no se había percatado aún de la situación, pero el silencio de la mujer lo hizo recapacitar y entrar en sintonía. Trató de recuperar su espíritu y respirando pausado se controló. "Perdona que no te pueda ofrecer nada caliente", le dijo para romper el hielo. Ella musitó una sonrisa y respondió suave: "no te preocupes, estoy bien." La chica sabía que tenía que dar algún tipo de explicación por su llegada de improviso y agregó: "tuve un pequeño problema cerca de aquí y cómo es casi imposible caminar, me recordé de tu dirección para pedir ayuda". Él aceptó la excusa y dijo: "no hay problema, has hecho bien; para eso estamos los amigos", ni él mismo se creía lo de la amistad entre ellos.

La mujer, que estaba sentada, quiso continuar la plática y agregó: "¡Perdóname por despertarte, pero en verdad eras mi única solución!". El joven se acercó y poniéndose en cuclillas le tomó las manos para decirle: "no hay nada que perdonar, no estaba durmiendo". La muchacha al ver la cercanía de Romax no pudo sostener la mirada y volteó su rostro en dirección de la ventana queriendo descubrir el estado del tiempo, la tormenta continuaba muy fuerte. La claridad del reflejo de la nieve hizo descubrir las lágrimas que bajaban imprudente por el rostro de ella, el chico viéndose impotente ante esa situación se puso de pie y dijo: "¡Debes de tener frío!, con esa ropa te vas a enfermar." Se puso a buscar ropa más caliente para cubrirla.

Ella aceptó la afirmación sin decir nada y aprovechó para secarse sus lágrimas. Su corazón estaba roto y la llave del sentimentalismo dejaba a flor de piel su sensibilidad. Más que dolida estaba enojada consigo misma y su situación.

Cuando el chico regresó con otra bata, ella se puso de pie para ponérsela. En ese momento, aún en la oscuridad del cuarto, Romax descubrió la belleza del cuerpo de la chica. Un vestido ceñido pegado a su piel dibujaba perfectamente su figura; era de color negro, sin tirantes, con líneas diminutas doradas verticales bajando hasta mitad de su pierna y un escote en forma de letra "V" moldeaba majestuosamente sus medianos pechos.

Los ojos del muchacho lo traicionaron porque parecieron dos estrellas brillando en el firmamento siguiendo las dos líneas del escote que descendían al infinito para unirse en una ilusión de un macho en libertad. Ella se dio cuenta de la mirada, pero acostumbrada a ese tipo de gesto le restó importancia a la imprudencia. "Ninguna hembra puede negarse al placer de sentirse apreciada aunque sea en la distancia", dicen los tunantes.

La joven se colocó la prenda y dirigiéndose a la ventana dijo: "¡Esta maldita tormenta no termina nunca!". Romax que la escuchaba, pensaba: "¡Bendita diría yo!" Él estaba encantado con la visita.

En la ventana que daba a la calle se acumulaba mucha nieve y el vidrió comenzaba a formar escarcha. "Lo peor es que al terminar, la temperatura bajará", agregó el joven. "¡Es verdad!", dijo ella como reaccionando a una verdad que había olvidado. "Por eso, tan pronto pueda me devuelvo a mi país", pensó en voz alta la chica. " Si hay algo que odio son estos interminables inviernos de nieve", agregó lamentándose.

Romax sintió una brisa de decepción en ella y trató de apaciguar la situación. "¡No tienes porque marcharte todavía! Inclusive si deseas quedarte no hay ningún problema. Te ofrezco lo poco que tengo, mira que afuera está muy frío y ni los taxis se atreven a salir". Ella se volteó y buscándolo en la oscuridad le dio las gracias. "¿En verdad, no hay problema? ¿No te molesta que me quede? Si me permites me conformo con el sofá."

El muchacho sonrió, pero agregó con firmeza: "¡Claro que no!, pero no faltaba más, tú eres mi invitada y como tal no permitiré que te quedes en el sofá. Ya te lo dije. Para mí es un placer, además soy un hombre soltero y no hay nadie a quien tenga que rendirle cuentas de mis actos."

La mujer se sintió en confianza y agregó: "¡Yo tampoco!", sonrió y pensó: "ambos somos adultos."

Romax se puso a medio arreglar la cama y la invitó a tomar posesión de ella. Mientras la muchacha se acomodaba, él sacó una cama de plástico de aire que utilizaba cuando salía de camping. "¡Hombre preparado vale por dos!", dijo mientras la inflaba a un costado del dormitorio.

Al terminar su tarea, el chico se sentó y buscó a su amada en la oscuridad, la encontró acostada viendo el techo de su apartamento que parecía imitar otro cielo porque estaba pintado de muchos puntos fosforescentes. Pero ahí, en la oscuridad, el chico pudo observar cómo las lágrimas le bajaban por su rostro. La mujer al sentir la mirada penetrante del chico dijo secándose sus lágrimas: "¡Qué lindo tienes adornado el cielo de tu cuarto! Me recuerda a mi país en las noches de primavera."

Romax se quedó mirándolo y respondió: "¡Es verdad! Quizás por eso lo pinté de esa manera, para cuando en el exterior esté mal pueda encontrar refugio en mi rincón de amor. "¡Buena idea! Siempre se necesita algo así para protegerse de la cruel realidad", le respondió con tono melancólico y desafiante.

Él comprendió por donde iba ella y trató de desviar la conversación. "¿Estás cómoda con tu vestido o prefieres que te preste algo mejor? Digo, si no te molesta utilizar una calzoneta de fútbol y una camiseta de los "canadiens" el nombre del equipo hockey sobre hielo de Montreal.

Ella se quedó pensando unos segundos, pero aceptó el ofrecimiento. Romax buscó los atuendos y se los dio para que se cambiara. La mujer se sentó al borde opuesto de la cama en dirección a la ventana, se puso la calzoneta, se quitó la bata y trató de bajarse el cierre de su vestido doblando su mano, pero algo lo atoraba. Ella no tuvo otra opción que pedir ayuda al joven que subiéndose de inmediato a la cama le ayudó gustoso para luego regresar a su posición inicial.

La muchacha sabía perfectamente que el joven la estaba observando en la oscuridad y con premeditación se levantó su vestido muy suave aduciendo que le quedaba muy pegado a la piel. Se tomó varios segundos para que el curioso observara cómodamente la silueta de su cuerpo semi desnudo aclarado por la luz que entraba por la ventana. Levantó sus brazos al cielo para ponerse la camiseta y dándose media vuelta, justo lo necesario para que observara uno de sus senos, le regaló una ilusión como pago por su bondad.

Romax se acostó antes de que ella se acostara en la cama para que no lo encontrara "infranganti" de mirón. Ambos se dieron las buenas noches y se dispusieron a dormir, pero no pasaron cinco minutos cuando la chica tuvo necesidad de utilizar el servicio. El muchacho le dio las indicaciones del caso y a tientas la joven llegó a su objetivo. Al salir del baño, como él estaba entre la cama y ella, al tratar de pasar sobre él, ésta lo pisó en el estómago. Ambos reaccionaron de diferente manera, el chico encogiéndose y ella lanzándose sobre el borde de la cama para que su peso no lo lastimara.

De los dos, ella salió más golpeada porque él aunque no se esperaba esa presión logró inflar fuerte su estómago a tiempo. La chica en cambio al tratar de buscar la cama, sólo logró poner las manos en los bordes pero sus rodillas golpearon fuerte el piso. "¡Maldición!", gritó enojada. "¡Disculpa!", agregó levantándose rápidamente. Se sentó sobre la cama y lo buscó en la oscuridad.

El chico sonriendo respondió que no le había pasado nada, pero ella en cambio se comenzó a sobar sus rodillas con mucho dolor. "¿Quieres que te traía algo para curarte?", preguntó un poco afligido él. "No es necesario, ya pasará", agregó resignada. "¡Esta es mi vida, golpe tras golpe!", lanzó al aire cómo un grito de soledad.

Romax, que estaba de rodillas frente a ella, asistía impotente ante la situación. Quería sobarla, pero no podía; quería abrazarla, pero no se atrevía. Las lágrimas comenzaron a correr por el rostro de la mujer, no por el dolor del golpe sino por su suerte. El joven se puso a secarle el rostro en silencio con la frente de sus dedos y al mismo tiempo le preguntó: "¿Dime que puedo hacer por ti para ayudarte?".

Ella le tomó sus manos y se las besó. "¡Nadie puede hacer nada para ayudarme!, le respondió suave, pero me gustaría que me abrazaras muy fuerte", le dijo poniendo sus manos alrededor de su cuello. Romax metió sus manos a la altura de sus pechos para apretarla y ella abriendo sus piernas lo recibió para cobijarlo por completo. Ninguno de los dos dijo una sola palabra y permanecieron amarrados por un buen rato.

Luego se acostaron como buenos amigos y se quedaron dormidos a los pocos minutos, solamente que el chico se despertaba a cada rato como queriendo descubrir si estaba soñando o era una realidad. En su pensar, agradecía el hecho de que estuviera compartiendo su cuarto, pero lamentaba el no poder hacer nada porque sabía, aunque no se lo hubiera dicho, que no había llegado a su apartamento por casualidad, algo le pasaba. La luz eléctrica llegó cerca de las cinco de la mañana, justo cuando el frío comenzaba a ponerse impertinente. La calefacción se encendió de inmediato y el apartamento volvió a tener una temperatura ambiente.

Por la mañana, a eso de las seis, el chico se despertó porque tenía que prepararse para ir a trabajar aunque deseaba de todo corazón que la empresa lo llamara para decirle que no trabajarían ese día. Hubiera deseado quedarse con ella, pero la realidad le exigía ser responsable porque su presupuesto lo necesitaba. Hizo almuerzo para llevar y preparó el desayuno para los dos; la chica que no había dado signos de estar viva, dormía como una princesa.

Él pensó que al despertarse, ella se vestiría y saldría corriendo de su casa sin preámbulos ni obligaciones, pero aún así le hubiera gustado que se quedara un poco más de tiempo en su vida. Aunque le hubiera gustado quedarse para verla levantarse, su trabajo no le permitiría otra ausencia. Se marchó en silenció dejándole una nota que decía: "quedas en tu casa, puedes hacer todo lo que desees en ella. Si te marchas, te pido que dejes la llave bajo la alfombra de la puerta de entrada. ¡Te deseo un lindo día!". El papel lo dejó sobre la mesa del comedor en donde había dejado el desayuno servido.

Durante toda la jornada, Romax pasó pensando en ella, su aroma era como una melodía que se negaba a entrar en el olvido. Las imágenes grabadas en la oscuridad de su cuarto desfilaban una tras una en su mente y su corazón se llenaba de alegría con sólo el hecho de pronunciar su nombre. Las ocho horas se hicieron interminables y al finalizar sus labores se recordó que había prometido visitar a sus hermanos. En su regreso se convenció de que era casi imposible que aún estuviera en su apartamento, por eso se fue directo a visitar a su familia. Estando ahí, se sintió incómodo y decidió a los pocos minutos marcharse para su hogar bajo el pretexto de que estaba cansado.

Cuando llegó a su apartamento buscó la llave bajo la alfombra y no la encontró, pensó que la joven se había olvidado de dejarla. Al forcejear la puerta para ver si estaba abierta, se sorprendió al escuchar que la abrían desde adentro. Era ella quien lo esperaba sonriendo. Su corazón dio un giro de ciento sesenta grados al descubrirla, su sorpresa fue aún más cuando lo saludó con un beso en la mejilla. "¿Cómo te fue en el trabajo?", preguntó sonriendo. Aún bajo los efectos de la sorpresa sin salir de su asombro, dijo que muy bien.

Entró a su cuarto y desde que puso el primer paso supo que su aposento había cambiado porque la mano femenina había hecho su obra. Mirando a su alrededor, lanzó al viento unas palabras. "Pensé que no te encontraría aquí, supuse que te irías tan pronto te despertaras".

Desde la cocina, ella le respondía: "yo también pensé hacerlo, pero algo me detuvo. Quizás es la comodidad de tu apartamento o mi cobardía por enfrentar mi presente. ¿Espero no te moleste? Sé que estoy alterando tu rutina."

Romax se acercó a ella y le dijo: "para nada me molestas, puedes quedarte todo lo que desees. ¡Mi casa, es tu casa!", expresó eso último imitando a una propaganda que salía en la televisión.

Él se sentó en un taburete de madera para continuar platicando mientras ella preparaba algo de comer. Ella se sentía un poco incómoda porque su rostro mostraba un morete y sabía que el joven lo había notado; éste no se atrevía a preguntar nada sobre lo ocurrido y esperaba que en su momento la mujer se lo contara con lujos de detalles.

"Por la mañana no quise despertarte porque dormías como un angelito", dijo Romax tratando de hacer conversación. "Lo sé, me di cuenta de ello. ¡Gracias por todos los gestos que has hecho!", le sonrió cariñosamente. "¿Cuáles?", preguntó coqueto. Ella se le quedó mirando y con el dedo le fue enumerando cada uno. "La nota, no haberme despertado, el desayuno, el abrazo, la ropa de dormir, tu acogida, tu silencio y tu cariño."

Él se quedó un poco sorprendido y se sintió pequeño de vergüenza al reconocer su amor por ella. "¡No es nada!", lo dijo restándole importancia a sus gestos. "Lo importante es que te sientas muy bien, el resto es lo de menos", agregó.

Mirando a su alrededor dijo: "veo que has hecho limpieza, ya hacía falta ¡verdad! ¡Te lo agradezco!". Ella a su vez se puso a mirar el apartamento y contestó: "fue un placer, aquí sola necesitaba hacer algo para no volverme loca y dejar de pensar tonterías".

¿A qué hora te levantaste?, imaginó que necesitabas reposo, preguntó sin doble intención. "Honestamente me levanté muy tarde, casi a las dos de la tarde", sonrió. "Creo que fue el hambre que me levantó, suerte que habías dejado algo preparado".

Romax se le quedó mirando al momento que ella levantaba su mirada, sus ojos gateados se clavaron fijamente en él. "¡Que bueno que no te fuiste! ¡Me agrada verte de nuevo!", lanzó como un disparo en el silencio para salir del atolladero en el cual estaba. El joven no deseaba que descubriera en sus ojos la llama de amor que estaba naciendo en su interior, dicen que los ojos son el reflejo del alma.

La chica que no era una inocente agarró rápidamente el atojo que había tomado el muchacho y le siguió la corriente. "¿Espero que no hayas comido porque te estoy preparando algo delicioso?" Él se le quedó mirando y dijo: "¡Se ve rico! ¿Cómo se llama?" La mujer sonrió segura de su receta: "la bandeja paisa", dijo con un brindis de misterio. Éste era un plato típico de la región de Antioquia y consistía en arroz, frijoles, huevos, plátanos sazones, chicharrones, aguacate y unas ricas tortillas. También había preparado un postre de frutas.

Durante la cena conversaron de muchos temas generales, pero no se atrevieron a tocar nada personal. Lo único que salió a la luz era la afición de Romax por la escritura porque mientras limpiaba el apartamento, ella descubrió algunos poemas que salieron de improviso de unos libros mal colocados.

La mujer había tomado la iniciativa de ponerse alguna ropa del muchacho porque el vestido con el cual andaba no era adecuado para hacer limpieza. Encontró unos pantalones de hacer ejercicio y un suéter azul con una camiseta blanca debajo. Luego, al terminar de cenar, el chico se ofreció para lavar los trastes, cosa que agradeció la joven porque odiaba esa tarea. Mientras tanto, ella preparó unas tazas de té para tomarlas como digestivo, ella encendió la televisión y espero a que él terminara con su deber hogareño.

Romax se unió a ella al finalizar con los utensilios y ollas. Ahí, uno junto al otro, mientras veían la televisión compartían opinión sobre la película y, de vez en cuando, agregaban algún comentario personal. Él se moría por saber qué era lo que le había sucedido, pero se aguantaba las ganas para no pasar de intrometido.

El calor del apartamento y la bebida provocaron que la muchacha se quemara por dentro y sintió la necesidad de quitarse el suéter de lana. La camiseta blanca que tenía puesta no ocultaba la hermosura de sus senos que estaban libres de toda atadura, no tenía brasier. Para colmo, se le ocurrió hacer un nudo por delante para dejar un poco libre su estómago que mostraba orgulloso un arete de oro en su ombligo. Se deslizó un poco en el sofá para estirar sus piernas.

Romax seguía sentado muy derecho a su lado, pero la tentación de observarla le comía el alma. Estaba divina semi acostada viendo la televisión, con los brazos bajo su cabeza y sus piernas cruzadas.

El muchacho sintió que la sangre se le agitó de inmediato y el animal sexual comenzó a ponerlo inquieto. Mientras hablaban, él se levantaba para hacer una y otra cosa, para no dar a entender que la atracción lo estaba consumiendo. De pronto, ella dijo: "¡Ya tengo sueño! Creo que me voy a dormir." Romax asintió y dijo a su vez: "¡Si, yo también me siento un poco cansado!", esas palabras salieron como un suspiro de alivio para esconder su deseo.

Ambos se levantaron, uno para inflar la cama y la otra para cambiarse de ropa en el baño. A los pocos momentos, ambos estaban listos para acostarse. Apagaron las luces y se metieron en sus respectivas camas. Luego de un breve silencio, comenzaron a platicar como grandes amigos y fue ahí que ella le confesó lo que había sucedido. Habían querido abusar de ella y por eso tuvo que salir huyendo; en su huida se encontró delante del apartamento del chico y decidió subir para esconderse.

Romax sintió una rabia e impotencia al escuchar la aventura que había vivido la mujer. Después de cierto momento, ella hizo un movimiento en la cama y se quejó con dolor. De ese modo, él se dio cuenta de que no solamente en la cara tenía golpes sino que también en el resto del cuerpo. Éste le ofreció una pomada para los dolores y la aceptó porque en verdad le molestaban los magullones del forcejeo.

La mujer comenzó a ponerse la crema sobre las piernas y las manos, pero no pudo hacerlo en la espalda. Ahí fue que él se ofreció para efectuar la tarea y ella aceptó sin ninguna malicia. Se acostó de espaladas y medio se descubrió la camiseta para que el joven aplicara la pomada. Éste lo hizo con mucho tacto sin pasarse de la raya, la muchacha sintió un alivio muy grande y suspiró deseando en voz alta un masaje. Romax no perdió la ocasión de saltar sobre esa oportunidad y se ofreció voluntario para realizarlo.

Ella al aceptar la oferta sabía que todo podía pasar, hasta la idea le pareció excelente ya que había observado como el muchacho se ponía nervioso en su presencia. A ésta le agradaba esa situación y sabía que en sus manos estaban las riendas de lo que podía pasar.

Romax fue a buscar los aceites para el masaje un poco acelerado y nervioso, la joven en cambio lo esperaba acostada boca abajo sobre la cama. Cuando él llegó a la cama y se sentó al costado de ella, quiso comenzar por las piernas, pero la chica lo puso rápidamente en su sitio y lo mandó a ubicarse. En otras palabras, quiso ser ella la conductora de las manos del muchacho con la finalidad de que éste lo hiciera de la mejor manera posible.

De ese modo comenzó masajeando los dedos de los pies, uno a uno y con cierta presión. La clave, según ella, era la delicadeza del movimiento y la fuerza de la presión en las distintas partes del cuerpo. A medida que avanzaba, ella le indicaba el siguiente paso a seguir sin levantar en absoluto la cara que sumergía sobre la almohada. De esa manera, fue subiendo por las piernas tranquilamente hasta llegar a acariciar las nalgas redondas de la mujer, sus dedos se deslizaban de vez en cuando en medio de las piernas y lograban acariciar las partes íntimas. Al principio, ella parecía molestarse apretando sus músculos, pero al irse tranquilizando llegó a abrir bastante sus extremidades. Como Romax se había clavado en esa parte del cuerpo, ella se quitó la camiseta y descubrió la espalda para que éste se dedicara a esa parte.

El muchacho al ver el cuerpo semi desnudo delante de él sólo pudo exclamar en silencio "¡Gracias, Señor!". Al subir sobre la espalda, ella le dio las indicaciones de la presión a ejercer, cuando utilizar los pulgares, los puños y los codos. Siempre tenía que seguir la armonía del cuerpo según los músculos, es decir del centro a los costados. El chico fue ejecutando los mandatos según las órdenes obtenidas. En un momento dado, sus manos llegaron a aflorar los pechos de la muchacha que sobresalían al estar apretados, pero no se atrevió a acariciarlos completamente. Al llegar cerca del cuello, éste se tuvo que sentar literalmente sobre el cuerpo de ella para hacer mejor el trabajo. Unos quejidos salieron al aire, pero no en signo de dolor sino en señal de placer. Deseoso de acariciar los pechos, Romax bajó un poco de la espalda, cruzo sus pies sobre las nalgas de la chica y dejó caer mucho peso sobre ella. Ésta lo motivo a continuar y ahí el chico se dejó llevar hasta que pudo poner en sus manos la mitad de los senos; medio los apretó y ella sintió un dolor mezclado con un placer que se expresó con un gemido.

Romax pensó que se había enojado, pero ella le indicó que comenzara de nuevo para ver si había aprendido el trabajo de masajista. Él aceptó encantado y para ello, como estaba sudando, se quitó la camisa de dormir que tenía puesta. La mujer solamente había quedado con su pequeño bikini de color blanco.

Al comenzar, lo hizo con mucha delicadeza por lo que ella le llamó la atención. Desde ahí, ese latigazo pareció despertarlo en su orgullo y comenzó verdaderamente a realizar su trabajo como un profesional: con fuerza, delicadeza y mucha pasión. La mujer le había dado carta blanca y éste no lo había comprendido, por lo que al darse cuenta no lo pensó dos veces en acariciarla, los límites ella los colocaba. De ese modo, al llegar a lo alto de las piernas, sus manos apretaban y sus dedos se deslizaban como un niño juguetón acariciando el peligro. La mujer lejos de enojarse parecía que se movía al ritmo de las manos; abría y cerraba sus piernas al compás de las sensaciones que le hacía despertar el joven. Ella llegó a excitarse con tanta caricia que llegó a soltar un suspiro de satisfacción, en ese momento el bikini salió tan fácilmente como había entrado con el beneplácito de su dueña.

Romax, por su parte, haciendo un esfuerzo inhumano se mantuvo firme en su deseo y continuó por la espalda sentándose sobre las nalgas de la mujer para presionarla con sus piernas. Cuando estuvo masajeando la espalda fue acariciando por olas los pechos de su querida hasta que llegó a meter la mano completamente sobre ellos para apretarlos con mucha ternura. Los labios del muchacho entraron en juego y al comenzar a besar el cuello de la dama, los rubores de deseo se despertaron en ella. El éxtasis para ella llegó cuando la boca del joven tuvo en su poder el pezón moreno de la amada. Un grito de placer recorrió por todo su cuerpo. En ese momento, ella le dijo que se acostara sobre ella para sentir todo el peso del cuerpo masculino y así estuvieron uno sobre el otro por varios minutos, apretándose las manos. Luego le pidió que se levantara un poco porque quería darse vuelta. El chico hizo como si iba a realizar unas lagartijas y la mujer se dio media vuelta para quedar frente a frente.

Ella lo vio con dulzura y le dijo: "¡No deseo que te enamores de mí!" Él le sonrió y respondió: "no te preocupes que no lo haré, estoy protegido contra eso". "No quiero que sufras", agregó tocándole el rostro. "No hay problema, te prometo que no me enamoraré, pero no me pidas que no te quiera y no desee ser feliz durante el tiempo que tu estés a mi lado", le buscó la boca para besarla. Ella lo besó y después le dijo: "no, eso no te lo pediré porque yo haré lo mismo mientras esté a tu lado".

Ella que no permitía que la besaran en la boca, se permitió esa libertad con él y lo atrajo hacia ella para invitarlo a vivir la más extraordinaria noche de amor. Ahí Romax supo porque ella valía su peso en oro; le mostró fácilmente cómo una mujer puede hacer feliz a un hombre haciéndole el sexo y cómo este debe comportarse a su vez para llenar las expectativas de una hembra en celo. Hubo un momento en que ella estuvo sobre él y en ese instante el joven sintió tocar el cielo al ver cómo los senos de su hembra bailaban al compás de la más excitante melodía de la vida.

Esa aventura duró apenas una semana, pero marcó muy profundo a Romax. Cuando la mujer desapareció de su vida, lo hizo de la misma manera en la que había llegado, sin avisar y en el momento menos esperado. Ella desapareció por completo del universo del joven y dio un gesto de vida solamente un mes después, simplemente para desearle buena suerte.

Otra vez Romax se encontraba en el cruce del camino donde muchas veces había estado. Parecía que la vida le volvía a decir que no había tomado la buena decisión, que tenía que volver a revisar su vida y de alguna manera enderezar el camino. Él se encontraba cómo alguien que está en medio de un bosque y no se ubica para saber cuál es su norte o su sur.

Todo este desconcierto lo llevó a preguntarse y a querer encontrar respuestas. Algo que le sirvió de punto de partida fue descubrir una frase que lo hizo pensar y reflexionar: "todo hombre debe crecer en cuerpo y espíritu". Viéndose en un espejo de frente a los ojos, se dijo: "he sido niño, adolescente, joven y me siento un hombre hecho y derecho. He visto la evolución de mi cuerpo. Ahora bien, ¿Cómo puedo saber sí mi espíritu ha crecido al mismo ritmo que mi cuerpo? ¿En cuál estado está mi espíritu: niño, joven o adulto?"

Esas preguntas no supo respondérselas porque no sabía a ciencia cierta sí en verdad creía en algo o alguien. Pero de igual manera, se esforzó por buscar las respuestas que le exigía su alma. Un día leyendo las notas de su padre encontró escrito al final de un libro de psicología algo muy interesante, él había puesto con tinta roja esto: "cuando niño, se tiene mucho miedo de la soledad y se llora para que los padres lleguen en su auxilio. Éste se calma cuando ellos están a su lado; al crecer el joven deja de llorar porque sus progenitores no estén en su habitación, él sabe que están en la otra pieza de la casa y al menor peligro saltarán en su ayuda. Al madurar, el hijo tiene la certeza del amor de sus padres, aunque éstos estén muertos".

Ahí comprendió que su espíritu se había quedado en la etapa de la niñez porque siempre que se sentía solo comenzaba a llorar y gritarle a Dios por su desgracia. "¡Tengo que crecer espiritualmente!", se dijo de una manera muy firme.

Él sabía que sus padres lo habían bautizado por alguna razón, y cómo ellos eran el mejor ejemplo a seguir, pensó que tenían motivos importantes para desear que siguiera sus pasos. Por ello, decidió averiguar cuál era el Dios que seguían sus progenitores. Además, el deseo de hablar español lo condujo a buscar un lugar donde se reunieran las personas de origen latino. La primera referencia fue La Iglesia católica latinoamericana "Nuestra Señora de Guadalupe", que quedaba ubicada cerca de la estación del metro "Papineau".

Romax se decía: "la Virgen me anda siguiendo por todos lados". Recordó que la primera vez que fue a la capital, llegó a una iglesia con el mismo nombre; la colonia en donde vivieron se llamaba igual y ahora, tan lejos, llegaba a otra iglesia con el mismo nombre. Las coincidencias parecían señales muy claras, pero ¿qué querían decirle? Él no tenía la menor idea sobre el asunto.

Sin saber el cómo ni el por qué, llegó a la mencionada parroquia latina que en esos momentos estaba cambiando de domicilio; es decir, él llegaba al cierre de una etapa y al comienzo de otra. Algo muy significativo para sus ojos porque era como si formara parte de una nueva aventura dónde todos comenzaban desde el inicio. Así, todos los domingos religiosamente se iba para ese lugar aunque no entraba al templo, se quedaba solamente en el sótano para comer comidas típicas de todos los países latinoamericanos. Ahí comenzó a gustarle verdaderamente la gastronomía de América Latina, que por cierto es muy variada y rica: los alfajores, las empanadas, los tacos, las pupusas, el gallo tinto, los tostones, los tamales, el pollo a la brasa, las papas a la huancaína, la sopa de caracol, etc. formaron parte de su menú. Cada domingo era un plato diferente según el país escogido, pero las pupusas salvadoreñas y los tacos mexicanos se ganaron el aprecio popular.

En el sótano fue que comenzó a hacer nuevos amigos, la mayoría eran personas de la tercera edad o comúnmente llamada "edad de oro". Eran ancianos muy amables, simpáticos y muy cariñosos que utilizaban los encuentros domingueros como un buen pretexto para salir de casa, ya que gran parte de ellos no trabajaba.

En las ciudades modernas como Montreal, las familias no se dan el tiempo para guardar a sus ancianos en sus hogares. Al llegar éstos a una edad determinada, la jubilación, ellos mismos buscan ese tipo de albergue para ancianos. Muchos mueren en la soledad y la tristeza porque muy pocos son los familiares que les rinden visitas cotidianas.

Al inicio, Romax al darse cuenta de esa situación sintió una rabia muy profunda con la sociedad y la marcó de inhumana, pero luego al conocer la historia se dio cuenta de que simplemente era un pago por los favores recibidos. Los padres cuando los hijos cumplen los quince años los incitan a que dejen el hogar y formen su propia familia. En esa etapa muy pocos jóvenes están en posibilidades materiales y financieras de desarrollarse conveniblemente en la vida.

El joven guardaba muy lindos recuerdos de su abuelo Jesús viviendo en la casa de sus hijos y nietos, por eso muchos de sus nuevos amigos le traían la imagen de su anciano querido. En ese momento, la comunidad latina comenzaba a crecer en la ciudad, pero los efectos de la influencia iban a la par. Muchos de esos señores y señoras hablaban del miedo a que los fueran a meter a esos sitios para que murieran como ostras olvidadas. Ellos preferían volver a su terruño querido para ser enterrados entre los suyos, pero rodeados de mucho cariño.

Al formar parte de la comunidad, ésta le fue exigiendo una participación en su vida social. De ese modo, al joven se le comenzó a ver ofreciendo algún servicio como servir el café de la amistad, repartir víveres a los necesitados, ser vendedor en la tienda de libros y recuerdos, ayudar en la limpieza y servir comida.

Romax comenzó a realizar la bondad de darse a los demás sin buscar nada a cambio, de alguna manera se identificó con su padre, quien tenía ese carisma tan especial. Desde que había quedado solo su manera de actuar había sido egocéntrica, todo su accionar estaba dirigido a buscar el bien de sus hermanos. Aunque últimamente el centro del universo era él mismo. Su relación con Dios era muy simple, aceptaba su existencia pero no tenía nada que ver en su vida; más que católico era un laico sin convicción.

En determinado momento, conoció a una mujer muy platicadora y evangelizadora como sólo ella podía ser, casi parecía una evangélica por su testarudez y necedad. Esta señora pareció tomarla contra él y no perdía ocasión para hablar de la palabra de Dios y todo el amor que éste le tenía al joven. El problema era que la mencionada dama parecía hacer las cosas al revés, con una mano hacía algo y con la otra lo deshacía, como la mayoría de católicos que dicen ser católicos y se comportan como los hijos del cachudo. Ella hablaba de las maravillas que Dios había hecho en su vida, de su gran amor por la gente y los pobres, participaba en cuanta actividad saliera y se mantenía orando pegándose en el pecho muy seguido.

El problema era que dicha señora con su familia y amigos se comportaba muy diferente, los trataba como desconocidos, sin mucho amor y caridad. Criticaba a sus hijos, a su marido y a medio mundo a viva voz y chismeaba de cuanta cosa pasara en la parroquia.

La dama trataba de tapar el ojo de la gente haciendo mil cosas en la iglesia, defendía al sacerdote a capa y espada, La Virgen María casi parecía más importante que Jesús, pertenecía a un nuevo movimiento un poco revolucionario de la iglesia latina "los carismáticos" que no era más que una adaptación del movimiento evangélico y, según ella, había encontrado a Cristo en un retiro espiritual de tres días dado por otro movimiento dirigido a los jóvenes llamado "Movimiento de cursillos de Cristiandad".

Cómo dicen: "Dios sabe hacer las cosas muy bien cuando se lo propone en serio". La mencionada señora tenía un hijo casi de la misma edad que Romax y un día al encontrarse los presentó para que hicieran amistad; la química fue instantánea y comenzaron a relacionarse cada domingo, claro que los temas comunes eran: las chicas, el fútbol y la música. Ésta última fue el enlace para que se abriese un nuevo mundo en la vida de nuestro héroe, una frustración había quedado colgada en la pared de su casa en su país de nacimiento. Él siempre adoró ver tocar guitarra y en sus adentros deseo poder sacar alguna melodía de ella; por eso compró un instrumento, pero no logró hacer volar uno de sus sueños, cantar sus propias canciones.

El nuevo amigo le comentó que estaba tratando de aprender a tocar guitarra y lo invitó a unirse en ese aprendizaje; para motivarlo le regalo una que había traído de su país, según él eran instrumentos fabricados por los presos para hacerse un poco de dinero. Quizás ese gesto le agrado o deseaba intentarlo de nuevo, la verdad era que desde que la tuvo en sus manos sintió un deseo inmenso de acariciarla, algo así cómo cuando se encuentra a un viejo amor.

Sin saber la razón, al muy poco tiempo ya estaba sacando la primera melodía de su instrumento de seis cuerdas, ésta era una canción muy sencilla y común de un cantante del momento, José Luís Perales y su canción "por amor". Ese fue el principio de una gran aventura porque al comenzar a dominar las notas musicales y las escalas respectivas, sus poemas, poco a poco, se fueron transformando en lindas canciones. De ese modo, nació la primera dama musical con su puño y letra llamada: "Corazón buscando puerto". Ésta decía así:

Tengo el corazón en mil pedazos,
Tengo en retazos esta ilusión.
Voy camino hacia la locura,
no hay censura para este dolor.

Tengo la mirada puesta en el ocaso,
busco acaso un poco de compasión.
No hay remedio a corto plazo,
no hago caso, pero duele este amor.

¡Cuidado! Hay corazón a la deriva.
Busca puerto dónde pueda atracar.
Tiene roto su timón y sus velas
no las ha podido izar.

¡Cuidado! Hay corazón sin vida.
Le han robado las ganas de vivir.
Tiene hambre y tiene sed de vida,
busca un oasis para renacer.

Tengo la razón patas arriba,
Tengo vida, pero falta ilusión.
No hay motivos para la lucha,
hay desdicha y desilusión.

La madre de su amigo al irlo conociendo se fue encariñando con él y con su familia. Al ver ésta la negativa de Romax de subir a la misa, pensó: "el chico necesita encontrarse a sí mismo". Por esta razón, sin consultárselo, lo inscribió para realizar un retiro de tres días, el mismo que ella había realizado. Cuando ella se lo propuso, Romax se negó de inmediato. La madre de su amigo, y su amigo mismo quién ya lo había realizado, no dejó de insistir y su insistencia dio frutos porque el chico cedió para quitársela de encima.

Ella se encargó de pagar todos los gastos; Romax lo único que tenía que hacer era sentarse, escuchar, comer y dormir. El día señalado, el joven no se había preparado porque no pensaba asistir a la reunión, pero la madre de su amigo imaginando la decisión de éste, se presentó en su casa para llevárselo. De mala gana, pero sabiendo que había dado su palabra, se presentó al lugar de reunión con la señora que venía siendo algo así cómo su madrina.

Él pensaba que no estaba tan perdido y que ese retiro no le serviría de mucho. Al lugar llegaron hombres de todas las edades. Inclusive varios de ellos habían tomado licor y su presencia se notaba a leguas. "¡En dónde diablos me he venido a meter!", murmuraba entre dientes.

Esa noche, un poco de mala gana, se prestó sin poner resistencia a las actividades propuestas por los organizadores. Sin cenar y con el deseo de irse a la cama, cada actividad se hacía pesadísima. Pero aún así, dos de ellas le causaron algo positivo en su corazón.

La primera fue cuándo se rezó el padre nuestro de una manera especial; un joven y un anciano comenzaron a leer un texto donde el primero intentaba rezar la oración y el segundo, que hacía las veces de Dios, le respondía interrumpiéndolo para hacerlo reflexionar, de modo que la oración no se realizara como una maquina sino como un canto de amor a Dios.

La segunda fue una dinámica utilizando el silencio. Ésta se llamaba: "La película de nuestra vida". Una persona pidió que cerraran los ojos y que además se imaginaran que cada uno era el actor principal de la película. Comenzó desde que los padres pensaron en tener un hijo, cuando lo gestaron y cómo iba creciendo en el vientre de la madre, la manera en que nació, cómo crecía y sus avances en la vida. Luego pasó a los momentos más hermosos que un niño pasa al lado de sus padres, sus primeras proezas, sus aventuras peligrosas, y su tiempo de estudios. Para finalizar comenzó tocando el tema de la primera novia, los problemas de la juventud, sus sueños y problemas, los vicios y debilidades, los rencores y desengaños, los grandes desafíos como el casamiento, la profesión o la muerte.

Como cierre de la actividad toco el resentimiento que muchos llevamos en el corazón y que muchas veces no descubrimos de su existencia hasta muy lejos en la vida. El daño que nos hace ese sentimiento negativo y la manera de superarlo. Cuando el cansancio y el alboroto sentimental estaban en su máxima expresión, el narrador llegó al momento presente. Todos respiraron fuerte porque creyeron que era el final.

Ésta persona terminó diciéndoles: "¡Hoy han sido escogidos por Dios para que pongan un tiempo de pausa y revisen su vida! Dios siempre los ha acompañado por todo lo largo de su caminar; recuerden que en aquellas situaciones en las que la mano invisible de Dios los ha sacado de apuros no ha sido por la casualidad, sino que ha sido el mismo Dios, a través de sus ángeles en la tierra, que amándolos tanto los protege día y noche. Recuerden que Él los conoce desde que estaban en el vientre de su madre, los vio nacer y los ha seguido hasta hoy. No tengan miedo y déjense amar, Dios está aquí entre nosotros y los ha llamado para que lo conozcan y comiencen a caminar a su lado."

Romax había seguido la actividad, pero se había cuidado de ver todo desde un punto de vista ligero, como un observador porque se negó a ser protagonista. La gran mayoría en cambio se metió de lleno en su película y los lloriqueos se comenzaron a oír en la sala. Los remordimientos comenzaron a meter sus puñaladas directamente en el corazón y los sacerdotes que los acompañaban se vieron obligados a confesarlos para calmar un poco su sed de paz espiritual.

Romax pensaba "todas estas palabras los llevaron al encuentro con su verdad y se descubrieron malas personas", sonreía creyéndose a salvo. La verdad era que cada presente se fue metiendo en su mundo y fue evangelizando su vida, se dieron cuenta de que nunca habían estado solos, que Dios y su amor siempre los había estado acompañando. Por esta simple razón, muchos de ellos comenzaron a descubrir lo malo que habían sido con sus seres más cercanos, el sufrimiento que habían causado a su alrededor y cómo su egoísmo se fue apoderando de su alma. Era evidente descubrir el dolor y el arrepentimiento en las almas esa noche.

Entre medio despierto y medio dormido, casi como soñando, Romax abrió poco a poco su espíritu y éste comenzó a volar por el infinito de su pensamiento. Su manera de ser, lógico y racional, trataba de mantener el control y dar una respuesta adecuada a cada situación, pero aún así con toda la lógica del mundo no pudo más que dar su brazo a torcer, muchas cosas en su vida sucedieron casi como un milagro. Se cansó de contar las veces que estuvo a punto de morir y que por A o B no se dio el paso hacia la muerte. Muchas veces, hasta la había aceptado como algo evidente y lógico a suceder.

Hubo un momento que sintió algo especial en su alma, algo así como la presencia de su padre, ese ser que le había hecho tanta falta, hasta sintió una breve brisa que le acariciaba los cabellos. Sintió también una tristeza al recordar a su madre porque no se había portado muy bien con ella, su abuelito se hizo presente igualmente para completar la escena, su inimitable sonrisa le bañó el espíritu de alegría.

Comenzaron luego a desfilar las múltiples ocasiones de muerte en las cuales él se vio envuelto y las maneras, casi milagrosas, en las que se salvó. Ese viaje por el espacio de su pasado le provocó tristeza y gozo, dos sentimientos difíciles de conjugar en una misma ocasión. Su alma lloraba por dentro y un nudo se le atoraba en la garganta, pero se negaba a soltar una sola lágrima. Sentía vergüenza de vivir y una soledad lo inundó súbitamente. Su alma se retorcía como melcocha pegajosa queriéndose limpiar de un lodo hediento. De pronto, unas palabras lo trajeron a la realidad: "Padre Nuestro que estás en el cielo, …" Todo el grupo había comenzado a rezar para terminar la actividad. Él repitió cada frase de manera automática y luego se dirigió a su cuarto medio perdido, medio sonámbulo y hasta creía que estaba soñando.

Cansados y en silencio todos se dirigieron a las habitaciones que les habían asignado. El joven compartía la habitación con otro que tenía el vicio del cigarrillo muy arraigado, éste abrió la ventana de la habitación y se puso a fumar. El muchacho vicioso se puso a hablar de espaldas a Romax y le contó parte de su vida, a los pocos minutos, quizás al oír la conversación, casi por inercia otros hombres se deslizaron a la habitación para continuar compartiendo cosas personales, chistes y cigarros. De repente, uno de ellos comenzó a insultar y a renegar sobre todo lo que había vivido, se puso tan insistente y sus palabras tan hirientes que un sentimiento de miedo se instaló en los presentes. Era algo así como la presencia de un espíritu maligno en él que luego, sin pensarlo dos veces, lo empujo a escaparse del lugar. Ellos estaban en el tercer piso del edificio. Todos quedaron impactados con lo ocurrido, por eso cada uno volvió a su habitación sin hacer mucho ruido.

El compañero de habitación de nuestro héroe quedó igualmente en el mismo estado, se acostó, le dio la espalda y fingió dormir. Romax por su parte, a pesar que en su momento sintió que los pelos del cuerpo se le crispaban, se mantuvo firme y sereno.

Eran como las tres de la madrugada y no lograba reconciliar el sueño, pocas veces había tenido la oportunidad de darse el tiempo de ver hacia atrás y tratar de descubrir la presencia de Dios en su vida. Él pensó "siempre creí en una lucha individual y en la suerte como mi compañía, pero me doy cuenta de que no he estado solo."

Varias preguntas salían de lo profundo de su alma como burbujas silenciosas: ¿Por qué siempre me salvé de morir? ¿Qué abría pasado si toda mi familia hubiera fallecido en el accidente? ¿Por qué mi padre se esmeró tanto en prepararme para la vida? ¿Quién es esa mano milagrosa que me ha salvado tantas veces? ¿Qué quiere de mí para desear que esté vivo? Esas y otras comenzaron a reclamar fuerte unas respuestas claras y precisas. Él no las tenía y por la primera vez su espíritu no le daba una respuesta lógica y racional. Se sintió pequeño, ignorante y desvalido, espiritualmente hablando.

Todo ese montón de preguntas permitió a Romax hacer un descubrimiento que le cambiaría la perspectiva de su vida. Sobre todo después de que había quedado huérfano, él estaba seguro de que había quedado solo en la vida, de que su enfrentamiento con su destino era personal. Pero al ir descubriendo cada acontecimiento, se fue dando cuenta de que él no había sido un súper hombre para salir a salvo de todos los problemas que había enfrentado. ¿Cuántas veces estuvo a punto de morir ahogado, en un accidente de tránsito o por la guerra? Había tenido más vidas que un gato y más suerte que una pata de conejo. Racionalmente hablando, comprendía que tenía que haber alguien detrás de todo eso. La presencia de su padre era la única respuesta racional a todo. Él había prometido que siempre lo acompañaría y que nunca lo dejaría solo, como la estrella del sur. Dios aún seguía al exterior de su ser.

Al comprender y aceptar ese hecho, una alegría se instaló en su alma y una paz lo invadió por completo, casi se puso a llorar de alegría. Comprendió que su padre, ese ser que tanta falta le había hecho, siempre había estado cerca. No hay nada comparable en el mundo que pueda superar el hecho de saberse acompañado por alguien que nos ama sin límites.

Durante esos tres días de cautiverio, varios jóvenes se escaparon por la noche y, de los que se quedaron, muchos sufrieron cambios asombrosos. Las charlas que recibían parecían irlos desnudando y, uno a uno, se iban soltando en sus confidencias. Un refrán de la calle dice: "los hombres no deben llorar". Pero ahí, casi todos en alguna ocasión se dieron contra el pecho y lloraron a corazón tendido; la vergüenza de ser los causantes de tanto mal a sus seres queridos no los dejaba en paz, y esa verdad los noqueaba dándoles un golpe fuerte en plena mandíbula.

Romax fue quizás el único que no lloró, pero no fue porque no lo deseara, sino porque, por alguna razón desconocida, no podía. Una lucha feroz se desataba en su alma que deseaba extender sus alas y echarse a volar.

La última noche tuvo una experiencia muy fuerte, había decidido darle una oportunidad al Dios del cual le habían hablado tanto. Su hijo, Jesús, se parecía mucho a la manera de actuar de su progenitor, por eso se identificaba con él. Se había dormido meditando sobre la verdad o mentira de tener fe y que tan importante era en la vida de una persona. Una voz muy clara se escuchó en la habitación "Romax, levántate". La primera vez se despertó, se quedó mirando a su alrededor con los ojos y sin darle mayor importancia se volvió a dormir. La segunda vez que escuchó la misma frase sintió que le movían la cama, algo así como un pequeño temblor; se despertó un poco asustado, buscó debajo de la cama para ver si alguien le estaba jugando una broma. Su compañero de cuarto estaba roncando. La tercera vez, fue diferente, la voz dijo "¡Romax, levántate y sígueme!" Como él continuaba acostado, una fuerza lo empujó fuerte y calló de rodillas al lado su cama, se asustó. Se puso de pie rápidamente y se quedó viendo para todos lados, al no ver a nadie se comenzó a reír de sí mismo. Él no sabía si era de miedo, temor o algo diferente, pero lo cierto es que estaba tranquilo. Se dirigió a la ventana que estaba abierta y descubrió brillando muy fuerte a la estrella del sur. Sonrió porque significaba que su padre estaba vigilando su sueño.

"Jesús no está muerto, él resucitó y está presente; me pide que lo siga", se dijo muy firme. En ese momento pareció que unas cortinas se deslizaban en sus ojos, el mundo le parecía más bello. Volteaba a ver a su alrededor y una belleza inexplicable entraba por su mirada y su piel. Cada cosa a su alrededor tenía una magia y un brillo hermoso que le hacía sentirse bien. Con una paz espiritual que le invadía todo su ser se dirigió a su cama, al despertarse no sabía si todo lo ocurrido había sido un simple sueño o una realidad. Decidió entonces guardarse esa experiencia para sí mismo por miedo a ser llamado loco. En ese momento no se había dado cuenta de que en su rodilla un moretón hablaba a solas.

Llegó un momento en el cual todas las personas que habían asistido al retiro se habían confesado, menos Romax. Indirectamente se sentía presionado para hacerlo, pero no encontraba la razón lógica para ello. Cuando decidió ir con un sacerdote, lo único que le dijo fue "he venido solamente porque quiero que me aclare una duda, si Dios me hablara y me dijera ¿Romax, levántate y sígueme? ¿Qué me quiere decir con eso?".

El cura se quedó meditando por unos segundos y dijo: "son tres palabras que tienen mucho significado; primero, "Romax" es porque Dios siempre habla al hombre por su nombre; segundo, "levántate" se le dice a alguien que está acostado, en el suelo, enfermo, débil, se arrastra o no quiere vivir; y tercero, "sígueme" significa caminar, ponerse en acción, seguir las huellas de Jesús, actuar, ser protagonista no observador en la vida, ir en busca de o simplemente amar la vida tal como te la presenta."

Romax al salir del lugar creyó comprender las respuestas, pero un mundo de interrogantes volaron como papalotes en libertad. Dios le había hablado y en tres palabras lo había desnudado por completo. Le demostraba que lo conocía, sabía a dónde estaba o por lo que estaba pasando y le daba el remedio.

Al finalizar el retiro, él encontró muchos puntos positivos que serían la base sobre las cuales fundaría su nueva visión de la vida. Había descubierto que a pesar de que se creía muy mala persona, en realidad no lo era; a veces, nosotros mismos somos los peores jueces de nuestro actuar. Igualmente, aceptó que nunca había estado solo, sus padres siempre lo habían acompañado. Pero quizás, el tesoro más grande fue descubrir un ser que le brindaba una amistad sincera, como la que había tenido con su padre. Él encontró en Jesucristo al amigo perdido y decidió poner todo de su parte para que esa amistad creciera cada día un poco más. La vida le había enseñado que quien encontraba un amigo, encontraba un gran tesoro. Por eso, se dijo: "la amistad se debe cultivar, es una relación entre dos seres, una carretera de dos vías, una pequeña planta que necesita mucho cariño, sol y agua. Es estar pendiente de las necesidades de la otra parte sin olvidarse a sí mismo, es caminar en la alegría y la verdad para sembrar juntos amor y vida." También encontró como respuesta a su malestar interior una enfermedad difícil de detectar, el resentimiento. Se descubrió resentido con Dios. La razón era que no aceptaba el hecho de haber perdido a su padre tan joven, que Dios siendo tan poderoso lo había dejado solo y no había hecho caso de su oración de ayuda. Al reconocer el mal, encontró la cura. Por esta razón, le pidió perdón en silencio a Dios y se puso en paz con él. Por eso, en agradecimiento le propuso, por haberlo sostenido a él y a sus hermanos, ayudarle en su obra de amor. Es decir, se puso a sus servicios. Él no sabía que el hecho de ofrecerle sus servicios significaba un compromiso muy fuerte, Dios nos toma la palabra en serio. Desde ese día, su vida cambiaría completamente.

Las figuras de Jesucristo y La Virgen María se convirtieron en la base de amor sobre las cuales fijo su caminar. Él casi no sabía nada de ellos porque nunca había tocado una Biblia en su vida, pero la devoción del pueblo de Dios lo atraía hacía ellos como abeja a la miel. Su curiosidad cada vez fue mayor y su amor crecía conforme los conocía. Ellos se convirtieron en los íconos a seguir, los ejemplos que nunca le defraudarían. Claro que este acercamiento le exigía un compromiso de su parte, Dios no deseaba espectadores ni simples turistas de la vida; Él pedía protagonistas y verdaderos actores de la vida para que tomaron roles de cambio, seres capaces de transformar lo malo en bueno, de pintar el cielo con estrellas de colores y hacer nacer alas para enseñar a volar. Hombres y mujeres capaces de hacer levantar inválidos espiritualmente, revivir muertos en vida y recuperar la dignidad perdida. Seres que llevaran por bandera la paz, el respeto mutuo y el amor a la vida. Era un pedido muy grande, pero él se sabía fuerte si contaba con su amigo Jesús. Con él a su lado, ya era mayoría. Con él nada era imposible, pero sin él hasta una pequeña piedra se volvía montaña.

Desde ese día, la Eucaristía tuvo un sentido diferente para él. Comenzó a asistir y escuchar cada domingo, aunque habían muchos tramos de ella que no entendía ni comprendía, como por ejemplo cuándo eran los momentos que la gente se levantaba o se sentaba, cuándo se arrodillaban y, sobre todo, cuándo se tenía que contestar algo y qué se contestaba. Para no sentirse incómodo, solamente movía los labios, pero en su interior se sentía mal por estar mintiendo.

De la misa, le encantaba la parte cuando todo el mundo se daba la paz porque muchos se salían de sus asientos y lo llegaban a saludar sin conocerlo. También el momento de recibir la hostia era muy especial, a él le dijeron que ahí se encontraba su amigo Jesús en carne y sangre, por eso con mucho cariño y respeto se ponía en la cola para recibirlo. Una alegría despertaba cada vez que hacía ese camino, algo así como ir al encuentro de un amigo. Ponía la sonrisa de oreja a oreja y los brazos abiertos, solamente que la tradición le pedía que fuera serio, casi llorando, y con las manos unidas, cómo rogando una migaja o una sobra de pan. Eso le chocaba mucho porque no se imaginaba un encuentro con un amigo tan insípido y frío. La gente regresaba con la cara triste y con una melancolía en el alma como alguien que ha recibido una corrección. Él se decía: "¡No!, cuando se recibe a un amigo se hace con gozo. El Jesús que yo he encontrado no es ese que la gente pretende conocer. Imagino que se ha de sentir triste al ver que le temen, que creen que es un tirano o que no tiene compasión. No se dan cuenta de que recibiendo el cuerpo del Dios de amor todo se convierte en amor, que Él es misericordioso y que ama que el ser humano se sienta feliz con su presencia. El Dios que yo he encontrado dista mucho del Dios de la tradición, mi Dios es presente, mi Dios es vida, mi Dios es amor."

Un día platicando con un anciano, éste le dijo algo que le gustó mucho: "cada ser personifica a Jesús según sus necesidades. Él es el hijo de Dios; por lo tanto, es nuestro Dios. Pero para algunos es padre, compañero, esposo, novio, hermano, vecino, etc. Lo importante es no perder el hecho de que Él es Dios y que con su amor nos completa un vacío que tiene nuestra vida para crecer en la fe."

Para ti, ¿Qué sería Jesús?, le preguntó curioso. Romax sin hesitar le dijo: "un amigo". El viejo vio como una sonrisa se iluminó en el rostro del joven como si una luz se iluminara en su vida.

Entonces, ¡búscalo como a un amigo!, le dijo muy firme y directo a los ojos. Luego agregó: "pero tú sabes… ¿Qué se necesita para ser amigo?" La pregunta llevaba la consigna de pedir un consejo.

Romax dudó un instante y respondió: "¡Imagino que conocer a la persona para poder tenerle confianza!". "Correcto, pero sobre todo, enfatizó, tienes que abrir tu corazón para que la otra persona pueda entrar. Jesús ya abrió el suyo y está esperando que tú le abras el tuyo. ¿Te decides?".

Él no supo que contestar en ese momento, pero esas palabras hicieron eco en su corazón, a tal grado que a partir de ese día, cada vez que hacía cola en el camino para recibir la hostia, decía: "Jesús, yo quiero ser tu amigo. Si en verdad existes, permíteme conocerte y hazte presente en mi vida para que seamos verdaderos amigos". Y antes de recibir la comunión, pronunciaba: "aquí estoy de nuevo, amigo, quiero caminar a la par tuya, quiero conocerte y que me conozcas".

Romax fue entrando, poco a poco, en el camino de la fe y desde que tuvo ese encuentro personal con su amigo Jesús, su vida fue cambiando para bien. Él había dejado de ser un niño en lo espiritual, pero estaba conciente que le faltaba mucho por aprender. Como decimos normalmente, estaba apenas en pañales, en la línea de salida; le faltaba todo un camino que recorrer para llegar a la meta final que era poseer plena confianza en Dios como único guía de su vida.

"Te he buscado sin saberlo en el viento,
he preguntado por ti en la tierra y en el cielo;
me han hablado de tus palabras y tu amor eterno,
he dudado y criticado todo el tiempo.
Y hoy que te he encontrado
no encuentro palabras para expresarte
lo que mi alma siente al amarte."

3.4 Haciendo camino

Tal como sucede cuando se encuentra un amor por primera vez, el novio se siente feliz y quiere que todos sientan lo mismo que él. Es decir, el entusiasmo lo inunda y quiere que todo el mundo sienta la grandeza de amar y sentirse amado. Así se sentía Romax en ese momento porque verificaba que había dado un gran paso en su vida, algo así como pasar de la noche al día, de la oscuridad a la claridad, del miedo a la seguridad, del pesimismo al positivismo o de la tristeza a la alegría. Por esa razón, al platicar con otros jóvenes que habían hecho el mismo retiro, constató que dentro de la comunidad no existía un espacio para que la juventud latinoamericana pudiera conocer, profundizar y expandir su fe.

Este hecho los motivó a crear un grupo dirigido a llenar esa necesidad espiritual. Al grupo le pusieron el nombre de "Damasco" y se propusieron alcanzar un objetivo simple, pero profundo: "dar la oportunidad al joven de tener un encuentro personal con Jesús para que su vida cambie y tenga un verdadero sentido." El nombre calzaba muy bien con el objetivo porque en la región de Damasco se produjo, según la Biblia, un evento que dio un impulso exponencial al catolicismo. Un muchacho llamado "Saulo" tuvo un encuentro personal con Cristo, según la leyenda, se cayó del caballo al escuchar su voz.

Al principio, este personaje persiguió a los cristianos para matarlos porque estaba convencido de que eran malas personas y contradecían las leyes de los que tenían el poder político y religioso de esa época. Según Romax, esa situación no había cambiado mucho en el mundo actual porque se seguía el mismo guión utilizando nuevos actores.

Después del encuentro personal con Jesús, Saulo, que se cambió de nombre por el de Paulo, vio su vida cambiar radicalmente. Al inicio los que lo conocían y conocían su reputación no le creían una palabra del cambio realizado; muchos decían que era difícil que un lobo se transformara en cordero de la noche a la mañana. Él estaba pagando por su historia y lo pagaría toda su vida, pero como dicen los sabios "de los caminos torcidos hace veredas el Señor".

Paulo demostró con paciencia y sabiduría la verdad de su cambio, sus palabras iban acorde con sus actos y esto motivo a que los apóstoles dieran fe de su transformación.

Romax y sus amigos creían firmemente que en la vida se podía cambiar y pasar de la oscuridad a la luz, lo único que se necesitaba era un encuentro con Jesús, quizás el simple hecho de saber sobre su existencia podría bastar, él decía: "es difícil conocerlo y no amarlo, amarlo y no seguirlo es imposible. Estoy seguro que si lo conocieran, como yo, cambiarían y su vida sería mejor."

Damasco comenzó con cinco integrantes, tres hombres y dos mujeres, más un director espiritual que era un sacerdote muy anciano de la comunidad de misiones extrajeras. La idea inicial era sencilla, hacer reuniones todos los sábados, no máximo de una hora y después, para conocerse mejor, continuar en algún café de la ciudad. Poco a poco, cada uno de los miembros fue invitando a sus amigos y éstos a los suyos; de ese modo, se llegó a tener, en un momento dado, a más de cien miembros.

Queriendo hacer realidad el evangelio de Jesús de ir a los más necesitados, los jóvenes se entusiasmaron en ir a los lugares en donde hacía falta la palabra y la obra de la fe. Se hicieron grupos según el deseo y la voluntad de cada miembro; de ese modo, comenzaron a visitar ancianos, enfermos, presos y niños, pero lo que más atraía a los otros muchachos era ver cómo reinaba un ambiente de respeto y cariño entre ellos. "Miren como se aman", decía la gente cuando los miraban.

Cuando el grupo creció demasiado se hizo muy difícil mantener el control según su principio de base; por eso, esta aventura sólo duró cinco años. Como sucede en toda agrupación, al inicio los líderes tienen el control, pero a medida que crece surgen nuevos personajes con diferentes ideas. El principio del fin comenzó ahí y "Damasco" no fue la excepción.

Después de una actividad, donde la división se hizo muy marcada, se llegó a la conclusión de que no se podía seguir de esa manera. Se hizo la votación para saber cuál era el rumbo que se daría al grupo. Una parte, aquellos que estaban avanzados en la fe, querían que hubiera más oración y la otra parte, aquellos que deseaba seguir trabajando por los imberbes en la fe, querían seguir haciendo las cosas simples: actividades sociales mezcladas con humanismo y amor al prójimo.

El malestar era palpable y el mal se instaló en el grupo. Los chismes, las bromas pesadas, las malas miradas, el egoísmo y la discriminación terminaron por minar el amor que los unía. Poco a poco, la llama se fue desvaneciendo hasta apagarse, solamente los buenos recuerdos permanecieron en cada uno de los miembros.

Mientras tanto, Romax, quien había crecido en su fe y en confianza con Jesús, quiso desafiarlo y le preguntó durante una misa: "¿Cómo quieres que te ayude?". Ese día, el evangelio hablaba sobre una lectura que decía: "dejad que los niños se acerquen a mí". Cuando el orador leía esas líneas, una hermosa imagen se le develó en su pensamiento. Jesús sonreía abriendo los brazos a los niños y éstos muy alegres corrían y se lanzaban a él. La escena era encantadora y la cara de Jesús se iluminaba de gozo, hasta lograba escuchar las risas de los niños jugueteando a su lado.

Romax sintió que una luz se le iluminó en su corazón y ahí comprendió el mensaje que Dios le enviaba. Se dijo lleno de satisfacción: "la manera de ayudar a mi amigo es trabajando con los niños", pero al mismo tiempo se preguntó: "¿Cómo?", la respuesta no le tardaría en llegar.

Ese día, durante los anuncios que se dan después de la misa, una señora salió a decir que la parroquia necesitaba catequistas para el nuevo ciclo que se aproximaba. Romax se dijo: "¡Me gustaría ser catequista!", pero al mismo tiempo una idea le cubrió de tristeza su pensar: "¡No conozco gran cosa de mi religión!", se consideraba un ignorante en ese mundo para llegar a ser maestro. La verdad era que a penas sabía persignarse.

Uno de sus amigos del grupo Damasco, con quien se había unido en amistad a través de la guitarra, ayudaba a los catequistas enseñando cantos a los niños. Éste lo invitó a compartir esa actividad y él aceptó con agrado sin saber que sería la entrada a una aventura que duraría muchos años.

En ese momento, Romax no podía ser catequista porque según él no había hecho el sacramento de la primera comunión. Al inicio, la encargada, una monja, le pidió que continuara con la música para seguir animando los grupos. Ella le sugirió que ese año se preparara para ese primer encuentro y que el siguiente lo hiciera como catequista, éste aceptó con agrado porque sabía del vacío en conocimientos que tenía.

Después de un mes de preparación, la religiosa se sorprendió al verlo comulgando. Ésta lo llamó aparte, curiosa, para indagar al respecto. La mujer era muy enojona y estricta, pero con el muchacho era muy cariñosa y amable. Le preguntó: "¿Qué estaba haciendo en la línea de las personas que van a recibir la hostia?" El muchacho un poco ingenuo y desconcertado, le contestó francamente: "lo que hago todo los domingos, pedirle a mi amigo Jesús que se haga presente en mi vida".

La religiosa, lejos de enojarse, al escucharlo sonrió diciéndole: "¡Usted ya hizo la primera comunión!" El joven respondió rápidamente: "¡No!", él creía que le estaba preguntando. "Ese sacramento se llama así por ser la primera vez que una persona recibe el cuerpo de Jesús en la hostia consagrada", le explicó.

Romax un poco avergonzado, respondió: "pero, ¡yo no he recibido ninguna formación para recibirla!" Ella con mucha calma y mucho amor le tomó de un brazo y le dijo: "usted ha hecho de una manera hermosa la primera comunión, guiado quizás por su corazón lo ha hecho de manera natural. ¡Ojalá! todos la hiciéramos así." Luego agregó: "en lugar de hacer la primera comunión, se preparará para hacer la confirmación. Esa es otra experiencia que le servirá mucho para acercase a su gran amigo Jesús." La monjita se marchó con una mirada de alegría, pero el chico se quedó un poco pensativo. "¿Qué significaba hacer la confirmación? ¿Confirmar qué?", se preguntaba.

Romax estaba realizando el sacramento de la confirmación a los treinta y dos años; según muchos, era una cifra muy significativa porque Jesús había muerto a esa edad. La monjita que lo preparó le dijo: "¡Quiero que esté atento durante la celebración, porque el Espíritu Santo lo tocará en cualquier momento!".

El muchacho un poco inquieto porque no sabía cómo reconocerlo, le preguntó: "¿Cómo voy a saber que es el Espíritu Santo quien me habla?" Y ella le respondió: "Fácil, lo sabrá porque su corazón se lo dirá."

Durante toda la celebración, Romax estaba atento a todo lo que pasaba a su alrededor, desde la gente que lo saludaba hasta los gestos que se hacían durante la misa, pero no fue sino hasta el final que el Espíritu se hizo presente. Antes de recibir la luz, a través de una vela, los jóvenes que estaban realizando su confirmación subían uno a uno, a saludar al obispo. Cuando llegó su turno, éste subió las gradas, y al extender la mano derecha para saludar al celebrante, el anciano lo llamó por su nombre de pila. "¡Romax!", le sonrió y le volvió a decir: "¿Tú eres, Romax, verdad! Me han hablado muchas cosas bonitas de ti, sigue por ese camino que llevas; tu amigo que tanto buscas está contento con tu amistad." El joven se sorprendió al escuchar su nombre y su corazón se puso a palpitar muy fuerte, un taquicardia le iba a dar porque la voz se parecía a la que escuchó cuando se calló de la cama.

Después que le hizo la señal de la cruz en tres partes del cuerpo: en la frente, en la boca y en el corazón; lo envió al mundo a promulgar la buena nueva. A partir de ese momento, Romax se sintió un hombre diferente, como alguien que se quita diez años de su cuerpo, su aspecto parecía igualmente más juvenil. La sonrisa se hizo parte de su día a día y su amor trascendió los límites de la parroquia porque se comenzó a meter en las actividades a nivel diocesano.

La gente, sin excepción de edades, se le acercaba porque era un chico que reflejaba amor en sus palabras y en sus gestos. Muchas veces se le vio jugando con los niños, bailando con los jóvenes y escuchando muy atento a los ancianos. Sus mismos hermanos de sangre le expresaban su agrado del cambio que se había realizado en él, aunque eso significaba que casi no se le viera en su casa por andar metido en cualquier clase de servicio que los demás le propusieran.

En Romax, la idea de ayudar a los jóvenes siempre estaba latente, parecía estar escrito en su corazón con tinta indeleble. Su pasaje por el grupo Damasco y por la catequesis fueron etapas en su desarrollo espiritual; además, lo hicieron muy conocido en el ambiente latino. Era reconocido como una persona muy caritativa, servicial y comprometida con su fe. Por esta razón, al gestarse entre los latinos un movimiento en favor del joven, su nombre salió a relucir y la invitación no tardó en llegar a sus manos. El objetivo de este movimiento era que todos los jóvenes latinos de Montreal se conocieran y, unidos, se pusieran a trabajar en cada comunidad.

Este movimiento nació en la parroquia "Santa Teresa de Ávila", mejor conocida como la iglesia española. Este movimiento lo bautizaron con el nombre de "JOCAHIM" (Jóvenes Católicos Hispanos de Montreal). Ellos crearon varias actividades para unir a los jóvenes, como por ejemplo: el festival de la canción a María, retiros espirituales para jóvenes, grupos misioneros y la participación en las jornadas mundiales de la juventud que el Papa Juan Pablo II había iniciado en los ochenta.

Todo este caminar dio un nuevo sentido a la vida de Romax. Él mismo sentía que había recuperado la juventud perdida. Su rostro reflejaba paz interior y consecuentemente más dinamismo en su actuar. Cuando se presentaba ante el sacerdote para recibir el cuerpo de Cristo, tomaba la hostia y la presentaba al padre diciendo: "amigo mío, hazte presente en mi vida para mejorar como ser humano y poder ser más feliz."

Varios amigos le decían en broma que debería meterse al seminario para hacerse sacerdote, porque tenía mucho carisma espiritual. Él los veía y les respondía: "para ser un mal sacerdote, mejor me quedo como estoy, siendo laico también puedo ayudar a mi amigo Jesús". En su corazón se decía: "¡Me gustan demasiado las mujeres!" y para ser piedra de tropiezo para los otros, prefiero serlo desde aquí. Los rumores de que se había convertido en religioso habían llegado hasta su pueblo natal y sus familiares se decían incrédulos que Dios en verdad hacía maravillas porque había trasformado al "caite de Judas" en un buen zapato.

Ese mismo año entró en la universidad. Después de intentar en vano realizar una maestría, decidió hacer la misma profesión, pero especializándose en el mercadeo y los recursos humanos. Esta decisión fue provocada después de salir lastimado de la espalda en su trabajo de bodeguero. Se decía a sí mismo: "yo no salí de mi país para trabajar de bodeguero, sino para superarme". Se inscribió de inmediato en la universidad de Quebec en Montreal (UQAM), aún sabiendo que tenía muchos obstáculos en su contra: la lengua, el dinero y hasta su misma raza.

Para su sorpresa, los estudios universitarios, quizás porque no era nuevo en ese ambiente, no le resultaron difíciles, lo único que le causó dolor de cabeza fue el idioma francés. Por suerte para él, había una ley que decía que solamente se podía quitar hasta un diez por ciento de la nota final por las faltas ortográficas. Entre caídas y empujones fue sacando cada materia hasta terminar su carrera a los dos años de estudios.

Romax continuaba viviendo solo, pero las hermanas lo seguían tratando cómo si aún estuviera con ellas. En pequeñas bolsas de plástico le guardaban diferentes alimentos: frijoles, arroz, legumbres y algunas carnes. De ese modo, él solamente tenía que sacar la bolsita y descongelarla para preparar su comida.

El vivir solo le permitió mejorar la técnica de tocar guitarra y pudo incursionar más fácilmente en el mundo de las artes, especialmente la literatura. En su intimidad, la idea de comenzar a escribir un libro le vino a la mente por primera vez y comenzó a reorganizar el material que tenía. Su sorpresa fue grande al descubrir la gran cantidad y su variedad, habían: poemas, cuentos, fábulas, leyendas, canciones y otros escritos más que desde hacía muchos años escribía y guardaba. Un nuevo desafío se le presentó: ¿Cómo unir en un todo la diversidad literaria que poseía? Como siempre, esa pregunta quedó en el aire y la dejó respirar para que el tiempo le diera la respuesta en su momento dado.

Al año, el destino le volvió a hacer otra de sus jugadas. Fue precisamente un día veinticuatro de diciembre, por la mañana, salió a comprar los regalos para sus hermanos y por la noche se fue a vivir la Santa Misa, que se celebraba a las ocho. Luego se fue a compartir con sus hermanos la cena y la repartición de regalos. A eso de las dos de la mañana decidió volver a su apartamento para dormir en su propia cama, pero se llevó la gran sorpresa de que su apartamento había agarrado fuego. Los bomberos estaban rompiendo las puertas y ventanas, desbarataron todo para tratar de sofocar el incendio.

Declararon el siniestro perdida total, apenas pudo recurar alguna ropa mojada, pero todo su material literario quedó inservible. Ahí se dio cuenta de que lo material ya no tenía importancia para él, su espíritu estaba fortalecido y lo único que lamentaba un poco era su trabajo de escritor, pero aún así dijo: "todas las palabras, ideas y citas me pertenecen porque las tengo en mi corazón; las pueden quemar, romper o robar, pero jamás podrán detener la fuente que tengo dentro."

Otra vez tenía que volver a comenzar de cero en la vida. Parecía que cuando la cosa se iba arreglando; algo o alguien se las ingeniaba para tirarlo al suelo, o bajarlo de la nube. Romax no sabía si era que no había aprendido bien la lección o simplemente que había elegido el mal camino. Su fe le decía que el comenzar de nuevo era porque tenía otra oportunidad de mejorar algo. La pregunta era: "¿Qué?".

A pesar de todas esas pruebas, Romax no decaía y seguía luchando por averiguar su misión en la vida. Se sentía muy bien sentimentalmente a pesar de no tener una pareja, era joven y pretendía disfrutar de esa libertad lo más que pudiera. El asunto de las mujeres lo dejó un poco de lado. Se decía: "cuando llegue el amor, aquí me encontrará; mientras tanto, ya no lo voy a seguir buscando. Por lo pronto, lo único que tengo que hacer es mejorar como persona para que cuando llegue encuentre a un mejor hombre".

En ese corto lapso de tiempo, Romax había logrado una reputación muy sólida con los jóvenes, adultos y religiosos. Muchas personas creían que él era un religioso, un hermano misionero o algo parecido. Un fenómeno muy curioso sucedió en la gente en relación con el muchacho, quizás por su seriedad o su responsabilidad, siempre se le acercaban para pedirle consejos. Todo esto hizo nacer en él una duda: ``si hasta la fecha no se había casado era porque a lo mejor no había sido creado para la vida matrimonial, ¿quizás el sacerdocio sería la respuesta a su búsqueda?``.

Ese dudar le comenzó a carcomer el espíritu hasta que la lógica le dijo que saliera de una vez por todas de ese rollo. Por esta razón, con la ayuda de un sacerdote jesuita, quien se había convertido en su guía espiritual, decidieron que haría un retiro para descubrir su vocación en la vida, un retiro de silencio.

Éste le explicó que siempre que se quiera tomar una decisión importante se debe de actuar igual que Jesús. Es decir, retirarse del mundo cotidiano para ver la situación desde otra perspectiva. Antes de comenzar su vida pública, Jesucristo, se fue al desierto para descubrir su verdadera vocación y tomar las fuerzas espirituales necesarias para enfrentar con valentía su destino. El guía se olvidó de advertirle sobre su gran desafío: vencer a los demonios de su espíritu que se desatarían contra él en pleno arenal.

Eran solamente siete días los que pasaría en un lugar muy acogedor que los jesuitas tenían para estos casos. Se llamaba: "Villa de San Martín" y quedaba como a cuarenta minutos de Montreal. Escogieron la última semana de diciembre, con la idea de comenzar el año nuevo con nuevas metas y objetivos. En ese retiro, Romax descubrió la belleza del desierto en la vida de una persona, el por qué el nombre de cada persona va ligado con su personalidad, y cuál es la vocación que lo llama a realizarse. Ahí descubrió que la gente tiene miedo a quedarse sola y, por tal motivo, trata de hacer mucho ruido.

En la soledad, al principio la gente se pierde en las cosas sin importancia, pero al buen rato termina metiéndose poco a poco en su ser. Él descubrió que los verdaderos demonios están adaptados a cada persona según sus debilidades y, si logra vencerlos, sale listo para poder realizar su misión. Comprobó que la mente es una máquina capaz de causar miedo y llevar a la locura de tanto hacer pensar. Igualmente, que la risa es una de las curas más buenas para controlar el miedo y que los chistes son una buena dosis de alegría.

El significado de su nombre lo encontró dividido en dos partes: en una de ellas, fuerza y dureza cómo una roca; en la otra, grandeza y romanticismo, como un ruiseñor. También comprendió que todo está ligado a su historia personal, su nombre quería decir: "Hombre de corazón" porque siempre sus acciones habían estado basadas en los mandamientos de su alma y no de su lógica.

Al final, corroboró que su vocación no era la de ser sacerdote o religioso, sino la de un hombre que necesitaba una mujer para ser y hacer feliz. En esa ocasión, logró ponerse en paz con su madre, le pidió perdón por todo lo que la había hecho sufrir, le dijo que desde su partida nadie se había preocupado por él como ella lo hacía y que había cumplido su promesa de cuidar a sus hermanos. Este acercamiento con ella lo llevó a descubrir que la Virgen María se había convertido en su madre adoptiva y que Jesús, por consiguiente, en su hermano adoptivo y gran amigo. Eso lo llenó de mucho gozo.

Una noche antes de terminar, tuvo un sueño muy especial que en cierta manera le aclaró su vocación. Se acostó pensando en ello, sabía que era un hombre de corazón, pero parecía que eso no le llenaba aún, que faltaba algo más. Se acostó mirando el techo de su cuarto y al buen rato; de repente, volteó hacia el ventanal y vio caer la nieve muy espesa en el bosque de pinos. La claridad era mágica y misteriosa a la vez. Luego, escuchó un ruido extraño en su habitación muy cerca de su cama. Se levantó y quedó sentado al borde de ella, sus pies tocaron una especie de bolsa y al voltear a ver descubrió un bulto que se movía como una gelatina.

Una ráfaga de vibración le recorrió todo el cuerpo de pies a cabeza, los pelos se le pararon como un erizo. Era una especie de oruga gigante, del tamaño de un hombre, envuelto como una momia. De pronto, vio cómo ésta se iba abriendo como quien le va bajando el cierre a una bolsa de dormir. Luego, observó que algo se movía y que deseaba salir de ahí. "¡Es una mariposa!", pensó. Al verla volar confirmó su idea, pero luego salieron una tras otra hasta que llenaron el cuarto de color y alegría. De pronto, una de ellas se posó en su mano y para su sorpresa, ésta tenía la textura de una hoja de papel. "¡Son mariposas hechas de papel!, pensó. Romax no comprendía lo que estaba pasando y se levantó para verificar si todas eran de papel y lo confirmó. La curiosidad le llevó a destapar el saco de dormir que yacía inerte en el suelo y al acercarse, éste comenzó a moverse muy extraño. Algo así cómo si una persona estuviera dentro. Al abrir el cierre de la bolsa, se encontró con una enorme sorpresa.

Abrió con sus manos el objeto y al igual que un espejo, vio su reflejo mirarlo sonriendo. Era él mismo quien estaba acostado, parecía su gemelo. El tipo intentó hablarle y al abrir la boca, salió de ella una mariposa azul con puntos dorados. En ese momento, Romax se recordó de su abuelo y siguió a la mariposa con la vista. De pronto, aparecieron muchos niños y jóvenes siguiéndolas. Era hermoso verlos jugar con ellas, una felicidad muy grande le cubrió el corazón.

Él volvió la vista al saco de dormir y su imagen ya no estaba ahí; quiso llamarle por su nombre, pero de su boca comenzaron a salir mariposas de papel. Se asustó mucho y se salió corriendo del cuarto. Se dirigió al corazón del bosque de pinos y se detuvo hasta que se cansó; debajo de la nieve, camino varios minutos y al querer decir algo, las mariposas continuaban saliendo con cada palabra que pronunciaba. Decidió entonces callarse por completo para retomar el control de sí mismo.

Caminando con mucha calma, pero sin hablar, se puso a reflexionar: "esto no es la realidad, debo estar soñando", esta frase le ayudó a calmarse por completo, quiso entender el sueño y, al contrario de otras ocasiones, no trató de despertarse para intentar descifrarlo.

La nieve caía a cántaros, como si alguien estuviera jugando a romper almohadas de algodón. Al observarse a sí mismo, pudo ver cómo la nieve lo había cubierto de blanco y su barba lo hacía ver como un anciano en los tiempos antiguos. Siguió caminando y se detuvo frente a un árbol que tenía parte de su corteza quemada. Algo en él le llamó la atención y se acercó para ver que era, se puso a acariciar con su mano la parte quemada y comenzó a descubrir una imagen en ella.

Era la Virgen María, la madre de su amigo Jesús, quien lo miraba con mucha ternura y con los brazos abiertos. Uno en dirección de la tierra, y el otro al cielo. La imagen era tan hermosa que sintió ganas de llorar de alegría. Como la tormenta no cesaba, cerró los ojos para sentir la nieve caer sobre su cara. Fue entonces que escuchó unas palabras que decían: "este es mi hijo Jesús, hijo del Padre y amigo tuyo. Tú eres mi hijo adoptivo, hermano de Jesús, ¡escúchalo!".

En ese momento, Romax movió la cabeza como queriendo aclarar las palabras que escuchaba y, al abrir los ojos, se descubrió sentado al borde de su cama con la ropa puesta y húmeda como la de alguien que estuvo debajo de la nieve. Desde ese día, Romax se proclamó amigo de Jesús y amó a su madre, "María", como a su propia madre. Pero las mariposas de papel aún seguían volando en su interior sin encontrar salida; él no lograba clarificar el significado de ellas y cómo abrir las puertas para que pudieran salir a volar en este mundo.

En ese retiro, escribió más de cien poemas en un solo día, escribió como diez cartas a su padre y muchas reflexiones sobre la vida. "En el desierto" se llamaba una reflexión sobre lo que vivía en ese momento y decía así:

He querido poner una pausa en mi camino para poder levantar la mirada a la vida y tratar de descubrir la dirección que debo seguir. Debo entrar en mi desierto para saber si soy capaz de sobrevivir a las tentaciones que están manipulando mi existir. Debo tratar de descubrir cuál es el Dios que estoy siguiendo o si estoy escuchando falsos dioses adaptados a mi egoísmo. Pienso específicamente en las mujeres, el dinero, el egoísmo, el materialismo, las drogas o cualquier otro como el trabajo.

Dicen que todo hombre es la suma de su historia personal, que es el reflejo del espejo con el cual sus padres lo educaron, que no es otra cosa que la voluntad de una sociedad basada en principios humanos, que al fin de cuentas, todo hombre no es más que una imagen de Dios en la tierra. Yo soy hombre, pero al verme reflejado en mis semejantes, la figura humana pierde su sentido. Hay tanta maldad en el hombre que no me siento honrado de ser parte de esta especie.

Se dice que la fe mueve montañas interiores y que el creer nos hace capaces de buscar el camino que nos lleve hacia la cima de la más alta. Yo creo que con mi fe, no movería ni un grano de mostaza. Mas sin embargo, quiero comenzar mi desierto con los pies desnudos para poder sentir las arenas deslizarse entre mis dedos y palpar el calor del sol que entra por la planta de mis pies. No llevo más que mi pantalón y mi camisa, porque en el desierto la ropa pesada está demás. Mi alma porta las cadenas que he venido arrastrando hace tanto tiempo atrás y mi corazón, el peso de mis desaventuras por seguir los consejos de un mundo de engaño.

Camino lento porque sé que será un largo trayecto en mi interior, las cosas sin importancia desfilan primeras como imágenes de falsas visiones. Me detengo por un momento a admirarlas y, cuando las quiero hacer mías, desaparecen porque no eran verdaderas. Luego, al comprender que me encuentro solo, en pleno desierto, las tunas y los sonidos de las montañas de arena, comienzan a tocar sus melodías exóticas para levantar los muertos que llevo dentro. Fantasmas de mi vida que se aferran a mis huesos con dientes y uñas queriendo robarme parte de mi alma, para poder resucitar de su agonía. Me veo desnudo frente a mí y no me agrada lo que veo. ¿Soy tan diferente a lo que pretendo ser o me veo realmente como soy? No lo sé, solo sé que quién está frente a mí me habla con las palabras que ayer utilicé.

Vuelvo mi vista atrás y descubro, poco a poco, cada momento de mi vida. Mi niñez con sus sueños, esperanzas e ilusiones. Mis padres sembrando sin saber si un día cosecharían. Mi juventud que se desliza a escondidas por barrancos, montes y praderas queriendo atrapar las mariposas de mi primavera que ya no volverán; los sueños locos de poeta, de revolucionario de la vida, de inconforme social y de renuente a aceptar lo que los otros consideran correcto siendo humanamente incorrecto. Y el adulto, preocupado por alcanzar ideales que cada vez se alejan de sus manos, por retener el tiempo de abriles que pasan sin dejar rastro en sus manos, por recuperar sueños que han quedado perdidos en algún baúl de los recuerdos. Veo al hombre que ha caminado junto a mí, ese que ha pisado mis huellas; pero no veo la sombra de aquel que debo seguir. ¿A dónde lo perdí?   ¿Cuándo cambié mi rumbo? Son preguntas que no sé responder.

Mis tentaciones por fin llegan como lluvias de mayo, están ahí. Han llegado a la cita y están vestidas cómo a mi me gusta verlas. Hermosas musas que bailan la mejor canción que mis oídos aman escuchar. Me tienden la mano y me invitan a su festín; soy el elegido, el príncipe, fácilmente me coronarían como su rey y señor. No tienen armas ni me obligan a ser parte de ellas; mi alma dice que sí; mi mente dice que sí, pero mi corazón se niega a obedecer. ¿Por qué querer ser rey, si apenas puedo gobernar mi vida? ¿Por qué desear lo fácil cuando en lo difícil está la alegría de la conquista? ¿Por qué tratar de ser como lo otros cuando en lo diferente está lo que nos hace únicos?...

Cuando la verdad llega en el desierto es como el maná que alimenta lo necesario para darte las fuerzas de seguir tu camino. Dios nunca desampara aquel que busca la verdad en la palabra divina. Él siempre envía a sus ángeles para que nos muestren su rostro y aparezcan las luces que nos guían hasta los oasis donde debemos recuperarnos. El cielo con su manto de estrellas nos muestra los ojos de aquellos que siguen nuestro peregrinar y aunque los gavilanes esperan ansiosos que muramos en nuestro intento, nuestro deseo de atravesar es más fuerte que el miedo a la muerte.

¿Quién soy? es la pregunta que ha cabalgado sobre mi espalda desde que salí de mi tierra. Debo encontrar la respuesta para que camine a mi lado y no se vuelva un peso en mi caminar. Con ella podré entonces descubrir a dónde voy, porque ella sabe seguir la estrella que guía mi existir y de ese modo sabré qué debo hacer. Porque el ser y el saber sabrán enseñarme cuál es mi ocupación. Nadie sale ileso de su desierto, porque las uñas de sus fantasmas siempre dejan en su cuerpo las marcas de su historia. Pero aquel que sale vivo, es capaz de caminar con la frente en alto, seguro del camino que debe seguir y de su misión a cumplir para ser feliz. Seguramente, llegarán nuevas tentaciones o nuevos fantasmas que querrán hacer de tu casa su morada; pero si en tu casa existe la luz de una palabra y sobre todo, la verdad de un solo rey, esas tentaciones y fantasmas no tardarán en desaparecer al descubrir que no existe vida para ellos en los corazones que cultivan la verdad.

Hoy he vuelto a nacer, he resucitado a la vida. Porque ayer la había perdido y hoy la he recuperado. Ayer estuve muerto viviendo y hoy estoy vivo muriendo.

Romax

Al analizar su estancia en ese lugar, una experiencia un poco extraña le provocó sacar una leve sonrisa. Se recordaba que al inicio pensaba en cosas sin importancia, pero que luego sus pensamientos fueron entrando en asuntos más serios, muy personales.

El retiro fue una experiencia muy fuerte y le ayudó a desatar varios nudos que tenía su alma, se descubrió a sí mismo y su relación con el mundo.

El último día, por la mañana al despertar, se sintió contento como alguien que ha encontrado una luz en su camino. Fue la primera vez que la palabra escritor apareció cómo una pancarta de neón colocada en lo alto de una colina donde todo el mundo puede leer el contenido desde muy lejos.

Salió de ahí con el deseo inmenso de ver a sus hermanos y decirles cuánto los amaba. Quería escuchar al mundo y su bullicio, pero sobre todo quería caminar con su amigo Jesús y su madre María, deseaba presentarles a sus seres queridos: sus hermanos. A partir de ese día, convirtió a Jesús en su compañero inseparable, le hablaba y platicaba con él, como si estuviera presente. Él fue el primero en conocer su vocación que no era otra cosa que ser escritor. Al menos había descubierto el punto de partida de su próximo viaje, el más largo porque terminaría justo en el momento de ofrecer su último suspiro en la vida.

"Qué hermoso es sentirse bien;
caminar bajo el sol, respirar la vida
y sonreír sin tener un por qué.
Qué hermoso es estar bien,
por fuera y por dentro;
con calma y en paz,
con amor y fe."

3.5 Tratando de seguir una luz

Romax había descubierto en el retiro de tres días algo pequeño, simple y quizás sin mucha importancia para muchos, pero que significó dar el primer paso para encontrar la paz interior que tanto anhelaba. En ese retiro descubrió que había estado resentido con Dios desde el momento en que no le escuchó su oración para que salvara a su padre de la muerte.

Al darse cuenta de ese hecho y comprobar que había estado errado en su juzgamiento, se sintió avergonzado con Él. Por eso, por la primera vez se confesó delante de un sacerdote para hacerle saber al Todopoderoso que lo lamentaba mucho. En ese momento, el chico tenía aún la imagen del Ser castigador que en America Latina suelen proyectar a los niños para someterlos más fácilmente y pensaba: "si pido perdón quizás no tomara represalias contra mis hermanos". Pero, para su sorpresa encontró a un Dios diferente, según su creencia pasada. El nuevo Dios era opuesto a todo lo que la tradición humana le había vehiculado en sus mensajes; aquel castigador y vengativo había desaparecido para darle lugar al que proclama amor, de la unión, de la paz y el de mucha caridad humana. Exactamente lo que andaba buscando.

Desde que hizo la paz con Dios su vida cambió por completo desde el punto de vista emocional porque la realidad humana siempre lo bajaba del caballo cada vez que quería ponerse el sombrero de santo. Ahí comprobó que el hecho de cambiar individualmente no significaba que su realidad hubiera cambiado; sus amigos y familiares eran los mismos, el trabajo y los estudios igualmente.

Al salir del retiro de silencio, se propuso descubrir más a ese amigo que lo había acompañado por tanto tiempo en silencio, que lo había ayudado sin pedirle nada a cambio y que le había seguido en las buenas y en las malas. Desde ahí reconoció que una parte artística estaba intrínseca en él y ésta se había manifestado generosamente en su vida desde que tenía conocimiento. La escritura, el canto y la actuación ya no fueron simples deseos de escribir ni mecanismos de defensas sino que se convirtieron en verdaderas mariposas de papel que el hombre de corazón acumulaba en su interior para echarlas a volar como promesas en el horizonte. Era un despertar en su vocación tardía, el apostolado tenía su importancia pero no lo era todo porque las artes comenzaban a desplegar sus alas.

Él se sentía como si hubiera vuelto a nacer, como alguien que sale de un túnel oscuro, alguien que encuentra una luz en plena oscuridad, algo así como quien encuentra un oasis en pleno desierto. El mundo cambió por completo, pasó del blanco y negro al color. Las mismas cosas, las mismas situaciones ya no causaban los mismos efectos porque al poner todo en las manos de su amigo se desligaba por completo de una carga psicológica importante en su alma. Su caminar se volvió ligero y agradable, el mundo ya no estaba contra él y por esa razón no había necesidad de una lucha a muerte por sobrevivir. En la armonía ambos salían beneficiados.

Dar gracias por eso le parecía poco. Se sentía con la obligación moral de compartir su fe, ser más miembro activo que pasivo, ser protagonista y no espectador. "Mis gracias tienen que ir acompañadas con gestos concretos", se decía para animarse a realizar algo por los demás. Por esta razón, le pidió a su nuevo amigo que lo dejara caminar a su lado, que ya era justo que bajara de sus brazos. El solo hecho de saber que había alguien a su costado le daba la seguridad de caminar con la frente en alto. Por eso, al poco tiempo tuvo una revelación muy importante que le dio un impulso muy grande a su fe; descubrió que su amigo Jesús era pasado, presente y futuro. El hecho de que todo el mundo hablara del Jesús que nació, vivió, murió y resucitó como una historia que se encuentra a dos mil años atrás no le decía gran cosa; era parecido a caminar viendo hacia atrás. Decidió entonces darse vuelta para ver hacia delante y encontró que su amigo estaba enfrente de él, le mostraba el camino y le invitaba a seguirlo; Jesús se convirtió en presente y futuro, se mostró como la luz a seguir, siguiendo las huellas que había dejado en su paso por la tierra.

Romax sabía perfectamente que la frase "¡quien encuentra un amigo encuentra un tesoro!" era verdadera. Por esta razón, los amigos no se pueden contar con los dedos de una mano, conocidos y familiares pueden haber muchos, pero los verdaderos amigos son raros y escasos. Para él, solamente podía haber un amigo fiel y ese era Jesús, porque ese no le fallaría nunca. Ya se lo había demostrado muchas veces en el pasado y se lo seguía demostrando en el presente.

La amistad es un camino de doble vía, para ser amigo de alguien uno tiene que querer ser amigo de ese alguien, parecido al sonar de las campanas "¡dan, darán!". No solamente hay que esperar que a uno le den, sino que se tiene que dar sin esperar. Y aquí entra en juego la comunicación, porque en la amistad se habla y se escucha en los dos sentidos, ayudas y te ayudan; perdonas y te perdonan; das lo mejor de ti, tu tiempo, y te dan lo mejor de ellos, su tiempo.

Para Romax, era tan importante la amistad que al pedirle a Jesús que fuera su amigo, se comprometía a conocerlo cada vez más, a abrir su corazón de par en par, a no tener miedo de contarle sus cosas. Cada vez que tenía la ocasión de encontrar a alguien con mucha profundidad religiosa, le pedía que le hablara de Jesús. Entre más lo conocía, más lo apreciaba. Todo esto lo llevó a amar y respetar a María, la madre de Jesús, porque pensaba: "yo no puedo decir que quiero y respeto a mi amigo, si no quiero y respeto a su madre. Mi amigo se sentiría muy mal al saber que yo le hago un desaire a su progenitora". Además, Ella era tan linda y tierna que se hacía fácil quererla mucho. María se convirtió en su madre adoptiva, para ella fueron las flores y los poemas que nunca llegaron a su madre terrenal.

En La Eucaristía, su amigo Jesús y él se hacían comunión. Por eso, cuando supo que Jesús estaba en cuerpo y sangre, no vaciló un instante para acercarse a su encuentro y pedirle que se hiciera presente en su vida. Ésta se convirtió en el pan suyo de cada día.

También, en su necesidad de conocerlo, se volcó a descubrir sus seguidores y el por qué la gente lo amaba tanto. Entre los que más le impresionaron fue la conversión del apóstol Pablo; lo mismo ocurrió con san Ignacio de Loyola quien, después de ser un guerrero leal a un reino terrenal, se convirtió en un guerrero leal al reino de Cristo y así sucesivamente hasta llegar al Papa Juan Pablo II, quien había demostrado que para seguir la fe de un Dios de amor no había tiempo ni distancia. Su fortaleza y positivismo eran el imán que los jóvenes veían para seguir sus pasos y acercarse a Dios.

Al salir de su retiro, a Romax le habían dado una cruz de madera con un cordón negro que significaba que Jesús contaba con él para seguir hablando en la vida del reino de Dios en la tierra. Un día, al tratar de sacársela del cuello, la cruz se rompió y le quedó sólo un brazo. Para él significó el llamado que le hacía su amigo de consolidar su amistad, la parte que faltaba en la cruz, el otro brazo, era la vida de Romax que se unía a la de su amigo crucificado. Los amigos siempre se sorprendían de la cruz con un solo brazo y muchos llegaron a pensar en un sacrilegio por parte del chico, pero el comportamiento del joven les hizo cambiar de idea.

Desde ese día, Romax intentó consolidar su amistad con Jesús hablando cada vez que podía con él y comprendió que Jesús había resucitado para estar en el presente. Jesús estaba vivo junto a él, la gente lo veía crucificado todavía, pero la verdad, para el chico, era que había vencido a la muerte y estaba entre aquellos que creían en él. Pero sobre todo, ofrecía la amistad a todo aquel que buscaba un amigo y Romax lo comprendía así; por esta razón, estaba sumamente feliz de volver a tener un amigo en su vida. "No soy yo quien vive en él, sino él quien vive en mí", pregonaba contento. Por eso, hablar a los jóvenes de su amigo no servía mucho si antes no hablaba de los jóvenes con él. La oración fue el primer machete que adquirió para su trabajo de amor.

De esta experiencia, nació en sus escritos una carta que hablaba de "la buena nueva", ésta decía así:

Todos tienen ojos, pero son pocos los que ven; todos tienen voz, pero son pocos los que se atreven a hablar con la verdad; todos tienen oídos, pero son pocos los que oyen el clamor de la gente; todos tienen manos, pero son pocos los que las extienden para ayudar; todos tienen pies, pero son pocos los que caminan por el sendero de la paz y la libertad.

He estado caminando por la vida, como quien lo hace dentro de un túnel sombrío y húmedo, tropezando con la misma piedra una y otra vez, buscando a tientas algo de qué apoyarme, queriendo encontrar una luz que me ayude a ver con claridad. Los fantasmas de mi vida pareciesen tomar vida en la oscuridad y se presentan como profetas de la nada, que me guían por donde no quiero ir, pero que voy sin renegar. El camino se ha hecho largo y tedioso, tanto que a veces me he preguntado si vale la pena continuar siguiendo un sendero que no me lleva a ningún lugar en especial. He encontrado a otros que caminan en el mismo túnel y me doy cuenta de que ningún ciego puede guiar a otro ciego. He renegado a todos y por todo, a mí mismo y hasta al mismo Dios, por la vida que me ha dado a vivir. He sentido que he estado luchando solo contra el mundo, que solamente por mis propias cualidades, habilidades e inteligencia he logrado salir adelante; pero de tanto luchar, he sentido que ya no puedo más.

¿Qué mal he hecho? ¿Qué mal han hecho mis antepasados para que hoy me toque pagar la cuenta hasta con intereses? Me he sentido triste, desamparado, derrotado, pequeño, insignificante, solitario y poca cosa, sin importancia, algo así cómo un cero a la izquierda.

A veces, he envidiado a las aves y a los animales porque ellos no se preocupan por el mañana, pareciera que alguien se encargara de vestirlos y alimentarlos. A veces, he envidiado a aquel que se encuentra feliz, porque por mucho que lo intento no he logrado alcanzar la felicidad y pareciese, que solamente es una quimera que se inventan para pregonar un deseo. A veces, he envidiado a aquel que sabe a dónde va porque yo no he sabido ni dónde estoy ni a dónde voy. La duda se ha instalado en mi persona de manera total; he dudado de la gente, del mundo, de mí mismo y hasta de si existe Dios. He pensado que solamente soy una sombra que camina solitaria, un fantasma que deambula sin razón, una hoja que el viento sopla sin dirección. Me he pellizcado para saber si sólo es un mal sueño por el que estoy pasando, y me despierto para darme cuenta de que sigo en el mismo sueño. Me veo como un espectador en mi película y no me gusta el rol que hace el actor que me representa. Veo a mi alrededor y no me agrada lo que mis ojos no son capaces de aceptar: ¿Cómo es posible que la gente le pierda el respeto a la misma gente? ¿Cómo es posible que alguien pueda estar comiendo tranquilamente mientras que a su lado alguien se muere de hambre? ¿Cómo es posible que la gente irrespete hasta a su mismo cuerpo? ¿Cómo es posible que lo material tenga más importancia que lo humano? ¿Cómo es posible que se sacrifiquen miles de vidas por el bien de un puñado de gente? ¿Cómo es posible que yo acepte todo esto?...

Pienso que llegué al fondo de mí mismo, que ya no pude caer más abajo en mi estima personal, que mi dignidad tocó fondo cómo una alfombra que todos pueden pisar. ¡Qué triste fue verme derrotado! Lo bueno de todo eso fue que otra derrota más no tenía importancia y, en cambio, cualquier victoria por pequeña que fuera, sería un triunfo a celebrar, porque comenzaba a levantar cabeza. Lo más importante que descubrí fue que estaba vivo y mientras lo estuviera habría una posibilidad de lucha. No hay peor derrota que saberse derrotado desde el comienzo. Pero no hay victoria más linda que aquella que se logra cuando todo el mundo piensa que vas a perder y solamente tú estás convencido de que lo lograrás. Nadie puede vencer por ti en tu propia pelea, eres tú contra tí mismo y nadie más.

Es necesario que el hombre nazca de nuevo para que comience a caminar en la luz. Es necesario que cada quien entre en su desierto personal para que se enfrente a sus propios demonios, teniendo en consideración que para vencerlos es necesario que lleve entre sus brazos la palabra de la verdad. Porque se le presentarán los demonios a su medida y a su gusto; si éste no está convencido de que quiere cambiar, caerá como piedra en una poza. En los desiertos, siempre aparecen ilusiones, espejismos y oasis. Las tunas evocan voces que enamoran el alma con sus cantos de sirenas enamoradas y el sol, con su calor, pareciese que nos quiere consumir hasta el espíritu. Solamente aquel que sale vivo de su desierto personal puede caminar bajo la luz de la verdad, pero aquel que no lo logra, sigue viviendo muerto en su oscuridad.

¡He encontrado una luz y creo que estoy vivo! Abrí mis ojos a la vida y la he encontrado hermosa. Todo me parece más brillante y bonito, veo cada cosa cómo si hubiera sido con mucho amor, hecha con una perfección total. Los pájaros, los animales, las personas y las cosas, pareciese que poseen un ritmo especial que armoniza con la vida, de tal manera que todo parece una sinfonía. ¡Cómo no dar gracias al creador! Fuese quien fuese, por tanta bondad y maravilla. Me veo a mí mismo y me doy cuenta de que yo mismo soy una pequeña maravilla. Mis manos se abren con total fluidez, mis pies se deslizan sobre la tierra a un ritmo especial, mi boca puede expresar todo lo que pasa por mi pensamiento y mi espíritu, mis ojos pueden ver y captar cuanta hermosura se le atraviese a su alrededor, mis oídos son capaces de escuchar cuanto sonido salga de este mundo para saludar, mi nariz respira cuanto aire y aroma flote en este mundo de olores; soy capaz de sostener este cuerpo dándole vida para que pueda apreciar la bondad de sentirme vivo.

Dios en su inmenso amor me dio el regalo de la fe para que pudiera apreciar con plenitud el más hermoso regalo del amor, su hijo. Yo que andaba buscando un amigo, me encuentro con el mejor de todos, Jesús. Nunca imaginé qué tan grande era mi vacío hasta que lo llené por completo. Gracias doy a mis padres por haberme heredado el don de su fe a través del bautismo, porque sin ese regalo, que permanecía dormido en mí, no hubiera podido atravesar tantas dificultades por mí mismo. Como los reyes magos, al darme cuenta de su existencia, he tratado de seguir esa estrella que me llevó a su encuentro. Durante el camino me preguntaba qué regalo podría ofrecerle a alguien que lo tiene todo. Pienso que el único regalo que soy capaz de ofrecerle, por ser lo más valioso que poseo, es mi vida y mi amistad.

Si alguien encuentra un tesoro dado por Dios, no lo puede esconder para sí mismo porque ese tesoro se hace tesoro compartiéndolo con los demás. Nadie puede llegar a conocer a Dios y continuar por el mismo camino que ha venido caminando. Es necesario que su vida cambie; como los reyes magos volvieron por otro camino, es necesario cambiar de camino y no hay nada mejor si se hace de la mano del amigo.

Nadie puede llamarse amigo de nadie si no se da el tiempo de conocerse, si no se interesa por la otra persona. ¿Quién es ese amigo que he encontrado? Fue la pregunta que me hice y encontré la respuesta en su vida. Alguien que habla del amor inmenso de su padre por toda la humanidad, alguien que ama a su madre por el simple hecho de ser su madre, alguien que es consecuente con sus palabras y sus gestos, alguien que ama a los más pequeños e indefensos de este mundo, alguien que ha venido por los enfermos y no por los sanos, alguien que muestra el camino con sus huellas por delante, alguien que es capaz de mover montañas, mares y cielos si se le pide con verdadera fe, alguien que puede hacer posible lo imposible, alguien que no juzga por las apariencias, alguien que está en contra de lo establecido si lo establecido va en contra de la persona humana, alguien que cree en la vida por sobre todas las cosas, alguien que es capaz de resucitar a los muertos, alguien que no ha hecho mal a nadie, alguien que se dejó matar obedeciendo al padre para que la humanidad tuviera la oportunidad de salvarse a través de su sangre y de su cuerpo.

Hoy que lo he encontrado, me doy cuenta de que esa es la buena nueva de mi vida: "¡He encontrado un verdadero amigo!". En mí se hace realidad la frase que dice: "quien encuentra un amigo encuentra un tesoro", porque me siento feliz de sentirme y sentirlo mi amigo. Sé que para ser su amigo tengo que conocerlo y tiene que conocerme. Para ello tengo que interesarme en su vida y él en la mía, tengo que hablarle y escucharle, caminar juntos en las buenas y en las malas, compartirlo todo sin medida. Toda buena nueva tiene que traer un cambio en la vida, el cambio en mí tiene que estar en relación conmigo mismo, los demás y Dios. No puedo seguir siendo el mismo, y ese cambio tiene que darse en mí persona, los demás lo deben notar. Si mi amigo es la cabeza de ese cuerpo, yo me convertiría en sus ojos si mis ojos lo hacen ver a los demás; en sus manos, si mis manos se convierten en apoyo para el indefenso; en sus pies, si ayudo a caminar a minusválido; en sus oídos, si estoy atento al clamor del necesitado y en su voz, si anuncio la verdad y denuncio la mentira.

No hay mayor felicidad que dar la vida por los demás y, sobre todo, por los más pequeños de nuestro mundo. ¡Ojalá que estas botas no me queden grandes! No pretendo cambiar el mundo ni ponerme a construir castillos que jamás lograré terminar, pero si trataré de mejorar el entorno que me envuelve diariamente con mi cambio personal. Me pondré a la orden de mi amigo para lo que él me quiera utilizar, sé que me pedirá en la medida de mis posibilidades y nunca me pedirá nada que yo no fuese capaz de realizar. Tendré que proponerme ser consecuente con mis palabras para que mis actos sean la expresión de ellas; aprenderé a maravillarme con los milagros de la vida diaria: una sonrisa, una mano amiga, un nacimiento, una hoja en el aire, una canción que me haga volar, unos novios enamorándose, una madre amamantando, un anciano caminando, un enfermo queriendo vivir, una película cualquiera, un rayo de sol que me sorprenda entre las hojas de los árboles, etc.

Aprenderé a ser más humilde para aceptar la vida tal como me la han dado, para dar los frutos que esperan de mí; más sabio, para obtener las enseñanzas diarias y aplicarlas a mi vivir; más fuerte, para aguantar las arremetidas de la vida que se empeñan en hacerme aprender no sé que cosa que no logro aprender. Con mi amigo, he aprendido que la vida es el mejor tesoro que Dios nos puede ofrecer, por eso su empeño en preservarla en todos sus aspectos, porque solamente él, quien es dueño y Señor, puede darla y quitarla. Mi amigo resucitó y está vivo.

Mi buena nueva se llama: "Mi amigo JESÚS está vivo".

Romax había encontrado un sentido a su vida y, poco a poco, comenzaba a comprender su vocación personal.

"Tengo una mariposa en mis manos,
un verso en mis labios,
una canción en mi ilusión y
un "te quiero" en mi corazón.
Abrazo una fe sin mancha,
me cobijo bajo la luz de una mirada,
sigo las huellas de una estrella,
y vivo el día de cada batalla.

Ya no soy el silencio en la nada,
ni el eco de una llamada;
soy el verbo de otro verbo,
el pronombre que conoce el nombre."

3.6 La alegría de estar vivo

Cuando su amigo salvadoreño le regaló una guitarra, los antiguos demonios se despertaron y le dijeron: "¡Nunca aprenderás a tocar guitarra! Recuerda la que compraste y dejaste colgada en la pared de tu cuarto. ¿Recuerdas dónde terminó? Fue en las manos de tu tío, él sí sabe tocarla. Cuando la acariciaba era cómo si de sus manos salieran lindas mariposas buscando la belleza de las estrellas. ¡Qué envidia te provocó el saber que el instrumento no tenía la culpa! ¡Tú no tienes la fortaleza ni la perseverancia para lograr tocarlo, mucho menos para sacar una simple melodía!".

La duda se había instalado en su alma y lo ponía en una situación delicada, algo así como estar al pie de un precipicio, tirarlo todo y renunciar o ponerse dos alas y volar. En ese momento recordó las palabras de su padre que le decía: "el miedo se vence únicamente enfrentándolo y tú no eres un cobarde."

Romax sacó coraje de su interior y se hizo el firme propósito de darse la oportunidad de aprender a tocar guitarra. Se dijo: "sólo estaré satisfecho hasta que pueda tocar al menos una canción".

Al inicio, le costo mucho porque las cuerdas de metal se le incrustaban en la punta de sus dedos y el dolor era insoportable. Su amigo lo motivaba diciéndolole que era necesario que le hicieran cayos para que aprendiera, ese era el primer escalón a trepar en su aprendizaje. En su rodaje de aprendiz aceptó de buena gana esa lección y la razón le dio respuesta al comprobar que al buen rato los resultados positivos fueron llegando como estrellas en la noche, iluminaron su rostro y su corazón con cada melodía que salía de sus manos y su boca.

Después de un mes de lecciones diarias, las canciones de círculos rítmicos fáciles salieron a la luz, claro que la destreza de sus manos aún no estaba muy bien. Luego de cierto tiempo fue dominando la técnica y por ende, Romax, encontró en la música otra razón para ser feliz. Antes, en su cuaderno de bolsillo escribía cuanta idea le venía a la cabeza y así fueron naciendo los poemas, historias y cuentos. Pero sucedía que cuando el aire le traía una melodía especial y nacía una canción, ésta quedaba escrita cómo una simple silueta sobre un pedazo de papel sin vida. Algunas veces duraba unos segundos, una hora y hasta un día en la cabeza, pero sabía perfectamente que al igual que Blanca Nieves, ésta desaparecería al caer dormido. Su frustración se observaba a la mañana siguiente al tratar de darle vida y no lograr recuperar a su amada. Por eso, la satisfacción fue inmensa al despertar el día siguiente y constatar que su musa no lo había abandonando.

El milagro se realizó cuando por primera vez uno de sus poemas comenzó a volar convirtiéndose en canción. El joven no supo cuándo o cómo comenzaron a salirle alas a su poema, quizás se juntaron el hambre y la carne para darse cita en un día soleado. Cuándo su corazón deambulaba cabizbajo y patuleco buscando respuestas a un amor roto, la musa de la creatividad bajó para tomarlo entre sus alas y sacarlo a volar. Él acariciaba su instrumento de manera sutil y melancólico, pasaba de un término a otro buscando eco en el tiempo, su mente volaba por los aires queriendo respirar libertad.

Suave y tierna comenzó a mostrar su nariz una dulce melodía y su boca a balbucear palabras que salían del alma como una sinfonía; nació de ese modo una frase que se convirtió en párrafo y terminó encadenándose a un estribillo muy sentido que a la postre se vistió de pajarillo. Esta canción sedujo su espíritu y le llamó: "te llevarás mi vida" y se leía así:

Te llevarás mis horas en el rabo de tu piel
y en tu cantimplora, el elixir de tu miel.
Te llevarás mis días en hojas de papel
y en mi reloj, cada día, tu distancia se hará hiel.
Te llevas en tus manos un pedazo de mi ser,
te llevas mi futuro en medio de un por qué.
Me dejas en la nada de un silencio y un adiós;
me dejas en un muro de preguntas sin responder.

EN TU PELO, EN TU BOCA, EN TU OJOS COLOR MIEL
TE LLEVAS EL OASIS DONDE YO CALMO MI SED,
TE LLEVARÁS MI VIDA SIN SABER AÚN POR QUÉ.

Te llevarás mis alas en las curvas de tu andar
y en la cima de mis canas se morirá mi callar.

Te llevarás callada el lecho de mi morada
y en la cumbre de mi almohada, el amor que por ti clama.
Te llevas en tu maleta mi historia sin completar;
te llevas en la factura una cuenta sin pagar.
Me dejas la locura de buscar una razón,
me dejas sin ternura la mitad de mi corazón.

EN TUS LABIOS, EN TUS MANOS, EN TU CUERPO DE MUJER
TE LLEVAS EL OASIS DONDE YO CALMO MI SED,
TE LLEVARÁS MI VIDA SIN SABER AÚN POR QUÉ.

Esta canción dio vida a muchas otras que nacían y brotaban sin
tener cuenta del tiempo, el momento y la ocasión. Parecía que en
su alma se había abierto una ventana por donde las mariposas
habían encontrado una salida para echarse a volar. El genio de la
canción se había despertado y no pensaba dejar de trabajar, día y
noche llegaban sus musas vistiendo colores imaginarios y sonando
cuerdas en la lira de la fantasía que enamoraban su soñar. Era otra
manera de agradecer a la vida su alegría de estar vivo.

Luego vino el tiempo de la catequesis que le exigía un mejor
dominio del canto y la guitarra para acompañar sus enseñanzas. De
ese modo, tranquilamente fueron surgiendo las diferentes melodías
que mezcladas con su aspecto poético, se iban convirtiendo en
canciones religiosas propias de su época. Muchas de ellas nacieron
con la idea de enviar un mensaje positivo a la gente, así podemos
mencionar: "Bautízame Señor"; "Abro mi corazón"; "Él está en la
cruz"; "El amor de Dios es grande"; "Simplemente soy tu amigo
Señor"; "Porque hoy es navidad"; "Amor de madre"; Mi padre, mi
héroe", y muchas más.

Entre ellas "Simplemente soy tu amigo Señor", se convirtió en el
canto tema del grupo de catequesis, y ésta decía así:

¡Hoy estoy aquí! Vine a ayudarte.
¿Dime en qué te puedo servir, Señor?
Toma mis manos
y haz que mi hermano
se acerque a ti, Señor.
Toma mis brazos

y haz que hayan lazos
de amor y amistad.

TOMA DE MÍ
TODO LO QUE TU QUIERAS UTILIZAR
PARA TU BIEN Y EL DE LOS DEMÁS;
PORQUE SOY TU SERVIDOR,
SIMPLEMENTE SOY TU AMIGO SEÑOR.
UNO MAS, NADA MÁS;
NI EL MEJOR, NI EL PEOR,
SIMPLEMENTE SOY TU AMIGO SEÑOR.

Toma mi voz
y siembra tu amor,
en tierras de hoy.
Toma mi cuerpo
y haz que haya un puerto
para descansar.

Toma mi tiempo
y haz que los vientos
esparzan tu amor.
Toma mi vida
y hazla enseguida
instrumento de tu amor.

Pero las canciones inspiradas por los amores que de alguna manera atravesaban su vida, se iban acumulando en un granero sin fin en su historia, de las cuales podemos mencionar algunas que tienen especial importancia: "Fácil sería amarte, alguien, será que estoy enamorado, se me enamora el alma, hubiera querido ser, y vuelvo a ser, etc."

Un día, se le ocurrió grabar su voz para guardar la melodía de una canción en un casete y el resultado fue tan bueno, que a partir de entonces comenzó a hacerlo con todas aquellas que brotaban de su alma con la intención de realizar su propio disco en el futuro. La producción musical fue tan rica que en menos de un año ya tenía más de diez casetes.

Entre sus sueños aparecían dos estrellas brillando en el cielo, una era el deseo de estar cantando en el famoso teatro de "la quinta Vergara" de Chile, donde desde que era joven veía desfilar los más famosos cantantes del mundo. Y la otra, la ilusión de escuchar una de sus canciones participara en el festival internacional de música "OTI". Para ello, había compuesto una canción que llevaba el título: "Un día nuevo en mi corazón", y ésta decía así:

¡Un día nuevo en mi corazón!
Es tener un nuevo corazón.
Es creer que tú puedes cambiar.
Es cambiar, sin miedo a los demás.

¡Un día nuevo en mi corazón!
Es tener una nueva ilusión.
Es creer que tú puedes amar.
Es amar con toda libertad.

¡CUANDO HAY AMOR
LA VIDA PUEDE CAMBIAR!
EL AMOR, ES TAN FÁCIL DE LOGRAR;
EL AMOR, LO PODEMOS ALCANZAR;
EL AMOR, ES TAN FÁCIL DE LOGRAR.
¡CUANDO HAY AMOR
TODO PUEDE SUCEDER!
EL AMOR, TODO PUEDE TRANSFORMAR;
EL AMOR, LO PODEMOS ALCANZAR;
EL AMOR, ES TAN FÁCIL DE LOGRAR.

¡Un día nuevo en mi corazón!
Es tener las alas de un gorrión.
Es volar al cielo y soñar.
Es soñar que tú puedes amar.

La música se convirtió en una manera de dejar escapar sus mariposas de colores, de alcanzar el cielo con la punta de sus manos, de ponerle alas a sus pensamientos más íntimos, de dejarse escapar sin temor a nadie ni a nada. Para él, los poemas tenían una dimensión más romántica, más profunda. Las canciones, en cambio, eran lindas expresiones del corazón con mucho romanticismo, ritmo y poesía que se decían de manera más general.

Romax, en su intento por aprender a cantar, se metió a la coral de jóvenes de la parroquia donde daba catequesis que para variar tenía el nombre de "Nuestra señora de Guadalupe", siempre la virgencita estaba cerca de él. Allí, fue aprendiendo tranquilamente a modular la voz, a mejorar tiempos y ritmos, pero sobre todo a perder el miedo ante el público.

El mes de mayo, como en muchos países, es dedicado a la virgen María y de igual manera a todas las madres. En ese año, Romax se encontró organizando con los jóvenes del grupo JOCAHIM el primer festival dedicado a la madre de Jesucristo en Montreal.

El chico tenía, a la vez, sobre sus espaldas varios sombreros puestos porque pertenecía a JOCAHIM, al grupo de jóvenes de la parroquia, a la catequesis y a la coral. Por esa razón estaba comprometido personalmente a que dicho festival tuviera éxito.

Con el grupo de jóvenes improvisaron una coral y se pusieron de acuerdo para buscar canciones dedicadas a María, para luego tratar de adaptarlas. Romax, en cambio, abrió por un momento la ventanita de su genio y salieron varias canciones en menos de lo que cantó un gallo; llevó varias al grupo con la intención de mostrarlas sin ninguna pretensión.

Él estaba seguro de su belleza, pero no sabía cuál sería la acogida que le darían sus amigos. El día acordado, cada quien llevó la canción que más le gustaba y la presentó al grupo. El muchacho tuvo miedo de presentarla y se la guardó porque no tenía la certeza de las notas musicales. Cuando ya habían elegido varias canciones y tomaron una pausa para descansar, en ese momento le pidió a uno de sus amigos, que sabía más de música, que le ayudara a buscar las notas en la guitarra a una de sus canciones. Juntos comenzaron a interpretarla y como era muy sencilla la melodía, no se tardaron mucho tiempo para encontrar los acordes correctos.

Estaban tratando de darle cuerpo a la canción cuando otros muchachos se acercaron para ver lo que estaban haciendo. Romax trataba de guiar la canción según la manera como él la había concebido y como ésta utilizaba varias voces, utilizó a sus compañeros para que le ayudaran. Poco a poco se fue uniendo el resto del grupo y al final todos estaban cantando la canción.

Para sorpresa de Romax, esa composición tenía un imán especial porque los compañeros la adoraron por su sencillez y su hermosura. Al saber que era original, la escogieron para interpretarla como la última de su repertorio; ellos decían que sería para cerrar con broche de oro su participación. La canción la amoldaron de excelente manera, a tal grado que las voces se distribuyeron entre mujeres y hombres; unos cantaban, otros murmuraban y, en medio de ella, uno recitaba el ave María.

Ese sábado, muchos grupos y solistas desfilaron interpretando sus melodías, la mayoría eran conocidas. Cuando subió el grupo de jóvenes al escenario, a Romax le temblaban las piernas porque una de sus canciones alzaría vuelo esa noche. Era como ver nacer un hijo, sentía como si una flor se le abriera dentro del corazón. La canción tocó el alma de los presentes y de manera natural se unieron en un solo canto. En ese momento, él hacía las veces de director de orquesta guiándolos magistralmente. Al escuchar un eco en la sala, medio se dio vuelta y observó como los presentes cantaban su himno a la madre, se sentía flotar en una nube de papel, miles de mariposas se despertaban por todo su cuerpo, volaba por los aires de tanta emoción. Todos en la sala aplaudieron mucho al final de la interpretación; luego, a uno de sus amigos se le ocurrió decir que era una obra original y que su dueño estaba presente. Esto provocó otra ola de aplausos que ocasionó una incomodidad en el joven llevándolo a sonrojearse.

Al día siguiente, la coral de la parroquia buscaba una canción para dedicarla a la madre durante la homilía porque en ese momento el sacerdote reunía delante de él a todas las madres para imponerles las manos y orar por ellas. Una señora que pertenecía al grupo mariano, que también había participado en el festival, se acercó a felicitarlo y le preguntó si cantarían la canción durante la misa porque ella había quedado fascinada. Él le respondió que no, porque no la habían practicado. El encargado de la coral, al oír a la dama, le preguntó a Romax sobre la canción y éste se la mostró porque aún cargaba una copia en su bolsillo. Luego, éste le preguntó sí se atrevía a cantarla en solo; él lo pensó unos minutos y le dijo que sí, él se la sabía de corazón. Claro que la coral le ayudaría en los coros, los murmullos y la oración. La misa estaba repleta y más de dos mil personas llenaban el local.

Cuando llegó el momento, Romax, un poco nervioso, comenzó cantando muy suave y bajo, tanto así que el que dirigía le pidió que se acercara más al micrófono. El chico para no ver al público, cerró los ojos y dijo en silencio: "¡Madre! Ésta canción te la dedico con todo mi corazón."

La canción comenzó a escucharse como debería ser, el chico se entregó en cuerpo y alma a su interpretación; por eso la gente se había quedado callada como disfrutando un bombón de azúcar en su boca, sólo que en esta ocasión fue a través de sus oídos. Las madres por su parte lloraban en silencio y Romax, sin saber lo que pasaba, sentía sus piernas tambalear. Él pensaba que la canción no le había gustado a la gente, su corazón comenzó a palpitar a mil por hora. Cuando terminó, éste pasó varios segundos antes de abrir sus ojos, pero al oír los aplausos éstos se abrieron automáticamente, una alegría le recorrió su espíritu.

Romax no sabía que entre el público sus hermanos estaban presentes y éstos, al darse cuenta de que era su hermano quien cantaba, se pusieron a llorar, sobre todo las hermanas, porque los hermanos se quedaron solamente con un nudo en la garganta. La canción se llamaba: "Amor de madre" y decía así:

"AMOR DE MADRE"

Amor de Madre, amor primero;
Amor sincero, amor de terciopelo.
Amor de Madre, amor que calla;
Amor que estalla, amor que nunca falla.
Amor de Madre, amor que llega,
Amor que pega, amor que no se niega;
Amor de Madre, amor del bueno,
Amor de lleno, amor siempre sereno.

(hablado al compás de susurros)
El amor de Madre es completo,
el amor de Madre es sin límites,

el amor de Madre es perenne y duradero,
el amor de Madre es verde como la hierba,
el amor de Madre es azul como el mismo cielo,
el amor de Madre es eterno como un don de Dios,
PORQUE MADRE SOLO HAY UNA Y COMO ELLA NINGUNA
PORQUE SER MADRE ES SIMPLEMENTE SER MAMÁ.

(Unos orando y otros susurrando)
"Dios te salve María, Llena eres de Gracia,
El Señor es contigo, Bendita tú eres
Entre todas las mujeres y bendito es el fruto
de tu vientre Jesús.
Santa María, Madre de Dios
Ruega por nosotros los pecadores
Ahora y en la hora de nuestra muerte.
AMEN."
(cantando)
Amor de Madre, amor discreto,
Amor completo, amor siempre en secreto.
Amor de Madre, amor que adora,
Amor que implora, amor que siempre llora.
Amor de Madre, amor que vela,
Amor que anhela, amor que siempre espera.
Amor de Madre, amor que cuida;
Amor que es vida, amor que es sin medida.

Romax había encontrado otra manera de expresar sus sentimientos; sus mariposas de papel comenzaban a volar libres por el viento. Antes, sus poemas que nacían como canciones se quedaban atados en su silencio y, la mayoría de veces, se perdían en las manos del tiempo. Las canciones fueron tomando vida y comenzaron a adornar sus noches inquietas; la prosa se hizo verso y el jilguero del alma interpretaba a placer sus más bellas melodías. Pero lo más importante es que a través de la música había descubierto otra manera de expresar su amor por la vida.

"Todos somos palabras en una sinfonía;
la misma vida es una melodía,
dónde cada cual es el verso de una maravilla.
La música es la ilusión del alma,
los poemas la expresión del corazón
y el canto, el eco del amor".

3.7 Un hombre de corazón

Romax había participado en la jornada mundial para los jóvenes (JMJ) que se había realizado en Roma y junto a otros miembros del movimiento "JOCAHIM" habían regresado muy fortalecidos en su fe.

Estos muchachos decidieron formar un grupo para realizar pequeñas apariciones misioneras en otras comunidades. De ese modo, cada quince días visitaban a un grupo diferente en cada parroquia. La idea era hablar de cómo la fe les había ayudado a acercarse a Dios y mostrar que se podía cambiar sin tener en cuenta el nivel o grado de alejamiento espiritual ni la edad de la persona.

En ese momento, la situación espiritual en la provincia de Québec estaba llegando a niveles muy bajos y por eso el arzobispado estaba tratando de buscar soluciones para fomentar la fe en la gente. Según los expertos, el alto grado de suicidios en Montreal se debía principalmente a la falta de valores morales y un vacío espiritual. Ellos sostenían que la pérdida del valor a la vida y los valores vehiculados por el capitalismo como el egoísmo, materialismo, consumo de drogas, libertinaje y el laicismo eran los culpables de todo ese desastre social.

La Iglesia como institución trataba de buscar una solución a ese problema que enfrentaba la sociedad y por eso entró en una etapa de reflexión general: convocó a un sínodo o concilio diocesano.

Entre las conclusiones que se obtuvieron fue que tenían que darle énfasis a la educación de la fe en todos los niveles porque había un vacío espiritual entre las generaciones, que el aporte de las comunidades culturales era sumamente importante para la continuidad del catolicismo, que se tenía que rejuvenecer el cuerpo eclesial de la Iglesia, etc.

Siguiendo esta tónica, Romax y sus amigos encajaron muy bien con los objetivos de la Iglesia. Su iniciativa fue muy bien acogida por varios arzobispos, religiosos congregaciones y diócesis.

Romax tomó parte en varias misiones especiales, entre las cuales dos dejaron recuerdos muy lindos en él: una en la ciudad de Toronto y la otra en la ciudad de Tres Ríos "Trois Rivières". Las enseñanzas fueron diferentes, por ejemplo: en Toronto conoció que mucha gente había hecho historia por sus hechos y no tanto por sus palabras, como: San Marcelino Champagnat, fundador de los hermanos Maristas; Delia Tetrault, fundadora de las Hermanas de la Inmaculada Concepción; Ignacio de Loyola, de la comunidad de los Jesuitas y Antonio María Claret, de la comunidad de los Claretianos. Todos ellos habían sido guiados por su fe y el deseo de ayudar a los más necesitados. Él había tenido que leer cada una de las biografías de estos personajes y, a pesar de ser diferentes, veía como las unía su relación con el Dios del amor.

Por ejemplo, la historia de Delia Tetrault le gustó mucho por su lado soñador y su amor por los niños. Ella soñó un día, cuando era pequeña, que estaba arrodillada junto a su cama y de pronto vio un campo de trigo maduro que se extendía hasta perderse de vista. En un momento dado, todas las espigas se cambiaron en cabecitas de niños; ahí, ella comprendió que las espigas representaban las almas de los niños en todo el mundo y Dios le pedía que hiciera algo por ellos. Su sueño de niña se fue transformando en vocación personal y éste le fue exigiendo una implicación cada vez más fuerte. Aunque no tuvo la oportunidad de viajar por todo el mundo, sus hermanitas se encuentran hoy en día regando la buena nueva en muchos país del globo terrestre. Esa historia, cuando él la contaba a los niños, la sentía tan suya que en cierta ocasión la idea de ser misionero le tocó el espíritu.

En su momento, no le hizo mayor caso, pero siguió trabajando como misionero no declarado. Su implicación con los otros se veía reflejada en el cada día. Desde esa experiencia, en su alma nació una interrogante para la cuál no tenía respuesta: "¿Cuál es mi sueño que me lleve a la vocación?", pero esta interrogante no tardaría mucho en mostrar su cara.

En Tres Ríos, Romax recibió un regalo muy especial e inesperado que en cierta manera cambió su vida. Cuando fueron a esa ciudad, cada uno de los siete miembros del contingente debía hablar en una parroquia diferente. Nadie de entre ellos deseaba hablar en la catedral por ser el lugar más grande y a donde se congregaba la mayor cantidad de fieles. Entonces, lo tiraron a la suerte y ésta cayó sobre él. "Las cartas estaban marcadas", se dijo interiormente. Pero siendo una persona responsable, no se negó a su llamado.

En grupo habían preparado el evangelio del día y lo único que tenían que hacer al estar frente a la multitud era dejar que el Espíritu de Dios los guiara. Ese día, la Palabra hablaba del hecho que había mucha cosecha y pocos trabajadores. La parroquia estaba llena en un ochenta por ciento y en su mayoría eran personas de edad avanzada, los jóvenes se podían contar con los dedos de la mano.

Para Romax era importante hablar de una fe actual, de un Jesús presente, y sobre todo, del gran amor de Dios por la humanidad entera. Éste comenzó pidiendo disculpas por su francés y luego entró en materia con una parábola que se inventó en el momento. Ésta se llamaba: "Los dos árboles", y decía:

"En un campo, había un árbol viejo y uno joven; el viejo tenía bastante edad y había pasado muchas tempestades, en su tronco algunos huecos servían de refugio para los animales, y sus grandes ramas albergaban a las pequeñas aves del campo. A su lado, un árbol muy joven lleno de vida se jactaba de su hermosura y su vitalidad de ir creciendo cada día. El árbol anciano lo escuchaba sin decir nada, pero en sus adentros se decía: "el tiempo es el mejor maestro de la vida".

Así pues, un día una tempestad llegó a sus vidas con mucha fuerza; el árbol viejo, acostumbrado a lidiar con ellas se dejaba mecer por el viento tratando de no enfrentarlo directamente. En cambio, el joven, que se creía muy fuerte, había decidido enfrentarla y no doblegarse a las arremetidas de la tempestad. Poco a poco, el aire fue arrancando las ramas y hojas del pequeño y en cambio, al de mayor edad no le pasaba nada. Al final, el árbol joven quedó casi desnudo y el otro completo.

El árbol joven al verse muy mal se puso a llorar muy desconsolado y no veía más que su problema. De repente, puso su mirada en el anciano y se sorprendió al constatar que no le había pasado nada. Éste le preguntó curioso: "¿Cuál ha sido mi error?" Y éste, con mucha sabiduría, le contestó: "los años no pasan en balde por la vida y la experiencia nos enseña a ser sabios y prudentes". En ese momento, el árbol joven no comprendió nada, pero en la siguiente tempestad que pasaron juntos, éste se fijó en la manera de sortear la tempestad y siguió al pie de la letra los consejos del adulto. Ambos salieron ilesos del vendaval."

Al terminar la historia, Romax, se dirigió a la comunidad presente y les dijo: "¡Veo muchas cabezas blancas, veo mucha experiencia y sabiduría entre ustedes! ¡Cuántos árboles sabios hay en esta sala y qué pocos árboles jóvenes nos quedan, verdad! ¿Quién les transmitirá la experiencia y la fe a los más pequeños? La vida no termina al llegar a la edad madura, si no que hasta el último segundo que Dios nos da; mientras tanto, nuestro deber es transmitir nuestro amor y enseñar a los otros, con palabras y gestos, nuestra fe en la vida. Jesús dijo que resucitaría y resucitó; él está, él ha estado y él estará siempre con nosotros. Hablemos a los nuestros, a los que queremos, a los de nuestro círculo personal, a los que están en nuestro metro cuadrado de un Jesús actual, no sólo de un Jesús que está en los cielos. Hablemos a los jóvenes de lo hermoso que es vivir y luchar por hacer de nuestra vida un verdadero ejemplo de amor. Hagamos de nuestras palabras una obra y de nuestra obra un ejemplo de caridad, respeto y amor para que aquél que no quiera escucharnos, aprecie los gestos. Éstos serán el reflejo de nuestro corazón.

Seamos, entonces, instrumentos de paz y no de guerra; seamos luz y no oscuridad del mundo; seamos sal para dar sabor a lo desabrido; seamos camino y no huellas. A cada uno de nosotros, Dios nos ha bendecido con ciertas habilidades y bondades para que las utilicemos en favor de los otros, del necesitado, del más pequeño. Ellos están aquí para santificarnos, ellos serán el camino que nos conducirá al reino de Dios. ¡Dios no crea basura, ni cosas inútiles! No se sientan basura ni inútiles. ¡Dios es el creador de maravillas! y cada uno de nosotros somos una pequeña maravilla que puede brillar en la oscuridad de un corazón sediento de paz y amor. En la vida, el ser humano tiene que adaptarse a los diferentes roles para poder dar lo mejor de sí, en cada uno de ellos. Cuando es pequeño, actúa como pequeño; cuando es joven actúa como joven; cuando es casado, actúa como casado; cuando tiene hijos, actúa como padre; cuando es abuelo, actúa como abuelo. Muchos queremos cambiar estos roles y, por eso nos encontramos con muchos problemas porque estamos en un rol diferente. ¡Acepten su rol y actúen como tal! Sobre todo, no desperdicien su vida en la nada, hay muchos necesitados y ustedes tienen mucho que dar todavía.

La fe no se transmite solamente con palabras, ni castigos, sino con gestos y mucho amor. La fe del cristiano está basada en Cristo y su filosofía en el amor, en el respeto por la vida de todos y cada uno de los seres vivientes de este planeta. No ha habido nadie y estoy seguro de que no habrá alguien que pueda probar que Jesús era una mala persona. Él vino a hablarnos del gran amor de su Padre y su deseo porque nos amáramos como hermanos. Hoy les puedo afirmar que Él es mi amigo, por Él estoy aquí para despertar en ustedes una vieja amistad que debe de ser actual. Él nos ha buscado para ser sus amigos y nosotros nos hemos negado a su amistad. Hoy vuelve a ustedes con sus manos abiertas para decirles: "¡Amigos míos!, nunca me he apartado de ustedes; estoy aquí esperando; juntos caminaremos hacia mi Padre".

Al terminar, la gente aplaudió con mucho cariño y a Romax un nerviosismo le comenzó a recorrer todo su cuerpo. Él se había entusiasmado sin darse cuenta al hablar de su amigo. Al sentir la presencia del Espíritu que lo invadía preguntó: "¿Amigo, estás aquí?". Sonrió y se sintió acompañado, luego dijo: "¡Gracias por no dejarme solo!".

Cuando la misa finalizó, muchos se acercaron para agradecer la visita y las palabras expuestas. Al bajar al sótano, los esperaban con bebidas gaseosas y galletas la comunidad. Al llegar, Romax se fue hacia un rincón para amarrarse las cintas de un zapato que se le habían soltado. En eso estaba cuando una señora le tocó la cabeza, porque estaba hincado, y éste levantó su rostro hacia ella. Era una ancianita de pelo blanco, con una chalina blanca sobre sus hombros, y poseía una linda sonrisa. Le tomó el rostro entre sus manos y le dijo: "¡Tú eres una persona muy especial!" El chico le agradeció el cumplido con una sonrisa, pero ella sin esperar una respuesta agregó: "¡Quiero darte un regalo!", éste se asustó un poco porque no había ido ahí para recibir regalos, él pensando en algo material. Por eso le respondió muy educadamente: "¡No necesita hacerme ningún tipo de regalo!, esto lo hago por amor."

Ella sonrió y le dijo: "lo sé, pero ¿sabes?, yo soy una persona que tiene mucho amor y Dios escucha todo lo que le pido". La anciana se le quedó mirando con mucha dulzura y Romax se quedó sin comprender nada. Luego ella continuó diciendo: "a partir de hoy hasta que me muera, rezaré por ti para que Dios haga realidad todo lo que pidas para ti". Éste se quedó atónico con las palabras por la magnitud del ofrecimiento y en cierta manera le dio miedo tanta responsabilidad.

Romax, siguiendo en su misma posición, le tomó las manos y le dijo: "verdaderamente yo no necesito tanto, yo he encontrado un amigo y su amistad me basta para salir adelante. ¡Mejor haga ese regalo a otra persona!, o mejor pida por tanto joven que necesita encontrar un amigo, hágalo por los ancianos que no tienen quien les dé cariño, por los niños de la calle que necesitan techo y comida, por las mujeres golpeadas que no logran salir de su infierno casero, por los que sufren las guerras sin saber por qué, en fin, por tanta gente que necesita más que yo."

La anciana se le quedó mirando y le sonrió de nuevo, diciéndole: "¡Ves!, te dije que eres especial, ¡Un hombre de mucho corazón! ¡Tú eres un hombre de corazón! Luego agregó: ¡Está bien!, no te daré nada a ti, pero siempre rezaré por tí para que se cumpla todo aquello que pidas por los demás."

Romax no supo la razón por la cual su mente comenzó a rezar el Padre Nuestro mientras la señora rezaba. Éste se había quedado como asimilando sus palabras. Algo lo había dejado en las nubes y no lograba comprender el mensaje de la anciana; quizás porque al tratar de entenderla, ella le lanzaba otro y todo se mezclaba en su pensamiento.

Algo muy extraño le sucedió, por un instante pareció estar escuchando a su abuelo. La mujer agregó el último párrafo de su mensaje: "tú eres una persona elegida, como una estrella que muchos seguirán; tus mariposas no pueden quedar en ti, tienes que echarlas a volar porque tú eres un escritor. Busca en el sur tu sendero, no te niegues a la palabra de la princesa y escucha atento al profeta de los indios."

Esas palabras lo hicieron temblar, era la primera vez que alguien le decía lo que su alma sabía y que él no lograba aceptar. Sintió que todos aquellos pretextos que se había puesto para sostener sus ideas se derrumbaban. Las figuras del abuelo y del padre se entremezclaban en su pensamiento.

La mujer le ayudó a levantarse y le dio un beso en las manos, Romax se le quedó mirando y sintió que su corazón palpitaba con una emoción extraña. Luego ésta se retiro tranquilamente y desapareció como una sombra que se une a la oscuridad.

Hasta ese momento, Romax no se había dado cuenta de que ella llevaba un vestido azul marino con pequeñas bolitas blancas. En su pensamiento, la imagen de la mujer le quedó grabada y al verla caminar hacia la oscuridad, ésta se transformó en una pequeña mariposa. Fue en ese instante que reaccionó para despertarse y volver a la realidad. La anciana ya no estaba en la sala y éste volvió de manera automática a querer amararse los zapatos y se encontró con que los tenía amarrados. Un pensamiento salió como rayo de su corazón. "La mariposa azul con bolitas blancas" Sonrió y pensó: "mi abuelo hubiera jurado que era ella", porque pasó sin esperarlo. "¡No le pregunté su nombre!", pensó.

Se dirigió a la puerta de salida, pero otras personas se interpusieron para felicitarlo. Preguntó por ella pero nadie le dio razón. Al lograr salir del lugar, la anciana había desaparecido en la oscuridad. Esa noche no pudo dormir porque su corazón estaba muy agitado sin saber la razón. Su mente lo llevó por innumerables pasajes de su pasado. Una revolución tranquila se estaba dando en su interior, él había logrado callar muchas ideas y sueños, pero parecía que éstos no estaban dispuestos a seguir callados en su interior.

Al día siguiente, el sacerdote de la parroquia le preguntó: "¿Eres tú quien quería saber el nombre de la señora que vestía de azul?, y al afirmarle con la cabeza, éste le respondió: "ella se llama Marie Papillon, —que en español significa María Mariposa. No le hagas caso, la pobre está perdiendo la razón.", le dijo sonriendo como burlándose.

En ese momento, Romax elevó su mirada al cielo como diciendo: "comprendo el mensaje". Ahí recordó, por un instante, a su abuelo, quién no cesaba de decirle que él había sido llamado para ser alguien especial en la vida, un hombre de corazón.

La duda se instaló firmemente en su ser y a partir de ese día, muchas cosas extrañas comenzaron a ocurrir en su vida cotidiana: adivinaba de improviso lo que le sucedería a alguien; cuándo deseaba algo bueno, por alguien, siempre ocurría de alguna manera; escuchaba en el silencio voces que le hablaban; sentía que Dios le hablaba y otras cosas más. Todo esto lo hizo ponerse un poco nervioso y evitaba comentarlo para que no dijeran que se estaba volviéndose loco, a tal grado que un día se fue rumbo al Santísimo para pedirle a Dios que le retirara ese don. Poco a poco, después de eso, fue perdiendo ese carisma y su vida comenzó a caminar en serenidad.

También, en su ser había permanecido la frase de la señora que decía: "¡Tú eres escritor y tus mariposas no pueden quedar en ti!" Desde entonces, la idea de escribir iba tomando forma, pero no lograba definir su dirección ni el proyecto específico porque sus dones literarios eran muy variados. Se puede decir que ahí comenzó a gestarse su historia de amor porque se había descubierto como un hombre de corazón y que deseaba echar a volar sus mariposas.

"Nadie puede escapar a su destino,
su vocación es el vehículo que lo hace avanzar en el camino
y su fe, la fortaleza para vivir en amor."

3.8 El encuentro de su vocación

Romax continuaba su destino sin saber a dónde lo dirigía la vida, desde que conoció a su amigo Jesús puso en él su confianza a pesar que no era nada fácil seguir sus huellas. Aún le hacía falta mucho camino por seguir y mucha tela que cortar. Todavía habían muchas dudas por resolver en su vida y por esa razón trataba de no tomar decisiones a la ligera hasta no estar completamente seguro. El problema era que toda esta preguntadera interior se iba mezclando y acumulando en su espíritu.

Aún habían preguntas sin responder que parecían palabras en el aire que buscaban cobijo en alguna cornisa de alguna iglesia abandonada. ¿Por qué sus relaciones amorosas no habían dado frutos? ¿Por qué la escritura, en todas sus formas, siempre había estado presente en su vida? ¿Por qué el servicio a los demás le llenaba tanto, espiritualmente hablando? ¿Cuál era su verdadera vocación en la vida? Toda esta reflexión lo metía en una especie de bruma que no le dejaba ver claro su camino y por ende su destino.

Analizando su comportamiento se dio cuenta que las letras le habían servido como un medio de expresión espiritual, algo así como un mecanismo de defensa para solventar sus problemas emocionales; es decir que toda su producción literaria estaba relacionada con su vivencia. Había descubierto en cada una de sus aficiones literarias que éstas se manifestaban de diferente manera: en los poemas, una profundidad y un sentimentalismo especial; en las canciones, una expresión rítmica, pero no tan profunda como la poesía; en las parábolas, una imagen de la realidad que no estaba correcta y que debía expresarse; en los cuentos, una magia para hacer transportar a la persona a un mundo diferente y en las cartas, una clara expresión de rebeldía sobre temas cotidianos que el mundo se empeña en no darle importancia.

En todo esto, los principios cristianos lo empujaban a no quedarse callado ante situaciones que él mismo no aceptaba, ni en su vida y mucho menos en los más débiles. La injusticia social, la desunión familiar, el egoísmo, la avaricia, el irrespeto a los demás, las guerras, etc. Eran puntos que lo tocaban profundamente.

La mariposa azul había dejado su marca en Romax y la idea de convertirse en escritor comenzaba a brillar en medio de la neblina; le gustaba la idea de echar a volar sus sueños y de pensar que podría trabajar hasta el último suspiro de su vida. En ese momento no sabía por dónde comenzar a darle sentido a la idea de la escritura; la única verdad que poseía al respecto era que siempre había estado presente en su camino.

Entonces pensó: "si la literatura ha sido parte importante en mi, significa que Dios quiere que yo utilice ese don. Ahora bien, el campo literario es muy amplio y no estoy convencido de la dirección que debo tomar. ¿Cómo me veo: poeta, novelista, cuentista, fabulista, ensayista, escritor de canciones u otra expresión del arte de las letras? Estoy como al principio, pero sé que debo darle una verdadera oportunidad a esta profesión."

Como siempre, dejó cocinando en el horno de su alma esa interrogante y se dispuso a descubrir con paciencia las señales que su camino le iba mostrando. Él se dijo: "la paciencia es la madre de la ciencia y aunque no es mi fuerte lucharé por obtenerle."

En ese momento de la historia de la humanidad, la llegada del Internet revolucionó al mundo entero y se abrieron nuevos horizontes en el planeta. Aquellos que veían con entusiasmo ese nuevo descubrimiento abrazaron de inmediato la novedad y se lanzaron al desafío de su conquista; muchos se interrogaban con razón el bien fundado de esa invención. Ellos sostenían que tanta libertad en manos de gente sin escrúpulos podía llevar a la humanidad directo a un abismo sin control. El tiempo les daría la razón en un cincuenta por ciento, pero como muchos sabios decían: "nadie puede ponerse en medio de un avance porque puede morir aplastado por el mismo."

Canadá se metió de lleno en la era del Internet y motivó a su población a equiparse muy bien, ofreciéndole muchas oportunidades con diferentes programas para subvencionar la adquisición de servicios e instrumentos. En menos de tres años, el país se había izado al décimo puesto a nivel mundial. Romax se dejó llevar por esa ola de novedad y se actualizó adquiriendo su primera computadora.

A través de esta nueva manera de comunicación, él se propuso utilizarla para que sus amigos compartieran su arte, pensamiento y manera de ser. Esto mientras terminaba de definir o de encontrar la manera de crear su primera obra literaria, que en esa época no sabia si en verdad lo deseaba hacer.

Su carácter creativo le llevó a crear un sitio llamado "EL MANA", que significaba "MANIFESTACIÓN DE AMOR". Él deseaba que el conjunto de su obra fuera una expresión de amor al mundo, que cada día fuera un nuevo reto para inventar cosas lindas y con ello poder llenar de alegría y sonrisa los rostros de aquellos que tuvieran la dicha de leer sus expresiones. En su alma siempre había una gota de amor a compartir, un deseo matutino que quisiera volar, un cuento salido de la nada para hacerse realidad y un mensaje a deletrear en el corazón de los demás.

Romax sabía muy bien que la gente de su alrededor estaba necesitada de amor, de mensajes positivos que fueran en contra de tanta manifestación negativa que se vehiculaba en los periódicos, revistas, cine, televisión, juegos electrónicos e Internet.

Con el "MANA" se fue dando cuenta del valor que tenía su obra literaria y fue guardando cada detalle para sacarlo a la luz cuando escribiera su primera obra. Una primera inspiración le indicaba que debía utilizar todos sus géneros literarios y que además debería incluir mucha sabiduría y positivismo. La búsqueda de la idea original seguía en curso.

La misma pregunta se repetía en su mente una y otra vez, ¿cómo combinar todos los géneros?, pero al ver que la respuesta no llegaba decidía dejar esa incógnita en suspenso. Aunque dentro de sí deseaba de todo corazón tener claro el rumbo a tomar para comenzar esa nueva aventura.

En su caminar, las señales llegaban como gotas de agua en el desierto, solitarias y esporádicas. Romax las recogía en su mano, las acariciaba y las guardaba en su corazón para ir formando su rompecabezas.

Una de estas expresiones la descubrió un día al terminar de contar una anécdota, los oyentes le dijeron: "¡Deberías escribir un libro con tantos lindos recuerdos que tienes!" Su corazón se puso a palpitar muy alegre y en su mente se dijo: ¿Por qué no?, pero al mismo tiempo se respondió negativamente: ¡Me tiran flores sólo porque soy su amigo! De seguro no es verdad que les gustó. Él mismo no se valoraba muy bien, pero esa frase seguía dando pelea en su interior.

Al inicio, él no le daba mucha importancia a los comentarios del público porque sabía muy bien que sus anécdotas, muchas veces, eran inventadas. Muchas de ellas salían de una mezcla de sus vivencias con la de sus conocidos. Él mismo, en muchas ocasiones, se llamó "mentiroso" aunque tranquilamente fue transformando ese termino en "inventivo".

Un día, al escuchar la misma frase, su alma le envió una pregunta: "¿Serías capaz de hablar de tu vida? La respuesta fue inmediata: "no lo sé". Luego pensó: "¡Qué todo el mundo sepa lo que hice no me parece muy buena idea!" Él estaba pensando específicamente en una autobiografía.

Las historias, los poemas, los cuentos y las cartas fueron tomando vida al ser compartidas con sus amigos y lo motivaba el hecho de que éstos siempre las encontraban interesantes. Aunque para ello tenía una respuesta lógica: "una cosa son mis amigos porque siempre tendrán palabras amables a mi persona, pero otra cosa será el público en general que comprará mis expresiones. Ellos serán implacables y sólo adquirirán aquello que verdaderamente tenga un valor literario". Trataba de ser lógico en su razonar.

Para saber si sus poemas eran buenos, decidió entonces inscribirlos para participar en unos concursos internacionales y para sorpresa éstos fueron seleccionados entre los diez mejores. El primero se llamaba: "Quisiera saludarte", que participó en un concurso que tenía como tema: "Aires de libertad" y el otro, se llamaba: "Aunque lo llamen imposible", que participó en "Amores Imposibles". El primero decía así:

"Hoy quise saludarte

y tomé entre mis manos tu dirección;
quise saber de ti
y saqué de mi cofre de los recuerdos tu fotografía,
quise ser un sol para ti
y me convertí en tu ilusión;
quise tenerte
y cerré mis ojos y te fingí mía,

quise escucharte
y me apoderé de tu voz a media luz;
quise abrazarte
y cerré mis brazos en cruz,
y al despertarme...
me descubrí solo, solo, solo... sin ti.
Y me quedé en el vacío,
en un abismo sin principio ni fin;
en un camino en medio del desierto,
en una espera larga y silenciosa,
entre vivo y muerto,
entre el cielo y la tierra,
entre la playa y el horizonte,
entre la luna y el sol.
Volando como frágil pluma,
soñando como blanca espuma,
penando como eco perdido,
callando como verso herido,
queriéndote cada día un poquito más...
más y más...
Y creo, sin dudarlo, que te querré hasta el final,
un poquito más:
mi capullito del mar."

El segundo, decía lo siguiente:

"Nació como nace el sol cada mañana,
brotó como flor en primavera;
vive como esperanza pegada en la ventana,
sueña como la tarde un nuevo sol.
Camina siempre hacia delante sin mirar atrás,
sonríe aún sabiendo que nunca volverá;
se dio aún en contra de la razón.
Voló sin miedo, sin culpa y sin pedir perdón.

Lo imposible se hizo posible por un instante,
lo inalcanzable se tocó por un momento,

la razón dio paso a un corazón añorante,
el verso se hizo prosa en la espalda del viento.

No fue forzado, atado, ni obligado.
No hubo engaño, falsedad ni maldad.
Sin buscarlo apareció como agua en el desierto,
sin necesitarlo completó un teorema que estaba abierto.
Aún antes de comenzar se sabía del terminar,
lo que no se sabía eran las huellas del caminar.
Marcado quedó el camino en la arena;
ni el viento, ni el tiempo romperán nuestra cadena.

Firmo mi condena con tu nombre,
clavo mi cruz con tu amor,
sello con fuego nuestra verdad,
marco para siempre en mí tu nombre.
El adiós no existe entre los dos,
nuestro amor es locura y es verdad.
Por amor es que debemos callar.
Aunque le llamen imposible,
nunca nos dejaremos de amar."

La postrimería del siglo causaba una ola de incertidumbre y de
miedo, porque la gente creía que nuestro tiempo llegaría a su fin.
Muchos de los inmigrantes que habían dejado su país natal
decidieron regresar para recibir al nuevo milenio con sus seres
queridos.

Romax, como la mayoría, se vio un poco afectado más por el
impacto mediático que por un verdadero temor. Él y sus hermanos
no se movieron de Montreal, porque su fe le decía que ninguna
persona sabía ni el principio ni el final de la vida.

Él estaba seguro de que una fecha en el tiempo no cambiaría nada
en su existencia porque las fechas no rigen la vida. Pero al ver todo
este movimiento sentimental en las personas, salió a la luz la carta
abierta a la humanidad donde trató de exponer sus miedos a un
futuro incierto y sus esperanzas en la vida como único camino de
salvación.

Esta carta decía así:

Mi querida y amada humanidad,

En este fin de siglo veinte y comienzo del veintiuno, quiero escribirle mi humilde carta para expresarle mis más profundos sentimientos. Yo soy simplemente uno más entre tanta gente que desea que este mundo pueda un día mejorar, y no hablo de una mejoría a nivel tecnológico sino humano. Nos estamos matando mutuamente, nos estamos destruyendo sin piedad, no pensamos en el mañana y nos importa un comino si el otro tiene algo que comer. La naturaleza, poco a poco, está desapareciendo; el cielo cada día se está nublando; el mar en silencio se va esfumando; los glaciales son pedazos de hielo que tienen sus días contados y los animales, que eran abundantes, hoy se llaman especies a punto de extinción.

¿Hasta dónde vamos a llegar para que nos demos cuenta de tanto error? Y no hablo de error sólo por parte de unos, todos somos culpables. Los gobernantes guiados por el egoísmo imperante y el materialismo avasallador no ven más allá de sus narices; los electores, partidarios soñadores, sólo miden sus votos por la oportunidad de mejorar de algún modo su manera de vivir.

¡Qué estupidez más grande es creer que con la guerra y el poder se puede todo arreglar! Tantos países metidos en batallas sin final provocados por los países que se dicen superiores, sólo por tener en sus manos los colores de un papel de color.

¡Cuántos inocentes mueren cada día!, por culpa de estrategias internacionales que prefieren arrojar el trigo, el fríjol, el maíz y el café al mar para provocar escasez mundial; y en el otro lado del riachuelo, miles de niños claman un pedacito de cielo o de pan para comer. ¡Cuánta oscuridad en los corazones! No comprendo ni creo que puedan hacerme comprender la validez de que la suerte de unos va ligada a su lugar de nacimiento o a su color. ¿Quién inventó tanta estupidez? Solamente alguien egoísta bañado con la ilusión del materialismo.

Si existe un Dios universal que proclama una paz de hermanos, ¿dónde están sus testigos terrenales que deberían ser la expresión del amor y la amistad? ¿Es que acaso ese Dios existe sólo en el cielo y en la tierra el hombre debe de luchar por sobrevivir sin importar pisotear a los demás? Tantas religiones de las cuales no hago una porque ninguna es capaz de imponer la voluntad de la paz. Más pareciera que este mundo está habitado por gente de mal corazón, porque lo que más sale a la luz son los malos golpes y las frustraciones egoístas de las civilizaciones.

Señora humanidad, haga que se levanten aquellos que en su vientre tienen algún granito de amor y de piedad, aquellos soñadores que nunca se dejan vencer por la adversidad, los humildes de corazón que se hagan los protagonistas de la vida y no los espectadores de una realidad. Necesitamos más gente de bien, ya hay demasiados malos dando palos a los que no se pueden defender. Necesitamos héroes sin armas de destrucción masiva, ni tanques ni metralletas, ni bombas químicas, ni algo que se le pueda parecer. ¡Qué grite el mudo y calle el hablador! ¡Qué camine el manco y se detenga el corredor! ¡Qué coma el hambriento y haga dieta el glotón!; ¡Qué beba el que tiene sed y se abstenga el que ya bebió! ¡Qué salga el preso y el libre que se quede quieto! ¡Qué se componga el enfermo y el sano tome cama! De esa manera, podremos ser más conscientes del dolor del hermano y tratarlo con más respeto y cariño.

No quiero despedirme sin dejar en la punta de su lengua un sabor a miel, porque después de tanta hiel que evaporó mi alma podría causarle algún malestar intestinal. Tengo la firme esperanza que, de alguna manera, el hombre pueda cambiar; no puede seguir destruyéndose inútilmente sin pagar parte de la cuenta al final. Siempre han existido héroes que salieron de la nada para quitarle la victoria al mal que se creía ya vencedor. No podemos ser tan estúpidos para dejarnos arrastrar por la senda del dolor sin que el mañana nos recuerde que en el ayer fuimos parte de ese dolor. Estoy seguro de que todo lo que se hace, se recibe aquí mismo en la tierra, y se recibe hasta con intereses. No hay ni ha habido gigante que no toque con sus pies la tierra después de haber creído que estaba por encima de los demás. Todo imperio tiene su hora de gloria y su hora de muerte. Toda persona ha sido pequeña antes de ser mayor.

Con la esperanza en mi corazón y el deseo de que este nuevo siglo sea símbolo de una nueva alianza de amor, en donde impere el respeto y la amistad entre los hombres, me despido dejándole mis mejores augurios por un futuro mejor. Es decir, por un siglo mejor lleno de más humanismo entre los que nos llamamos humanos.

Se despide cariñosamente un humilde humano,

Romax.

En la vida de Romax nada parecía llegar por casualidad, todo tenía su sentido y a la postre formaba parte de un aprendizaje que le ayudaba a mejorar como ser humano.

En ese tiempo estaba trabajando en el gobierno de la provincia por contrato y al final del año, éste se terminaría. Tres meses antes, le avisaron que no se lo renovarían porque el estado estaba en déficit. Romax lo tomó con calma y pensó que esas vacaciones, como les llamaba, le darían tiempo para dedicarlo a su pasión personal, escribir. Él deseaba darle una buena oportunidad a su vocación que cada vez se afirmaba con más fuerza.

En el camino le salió una oportunidad de viajar y quiso aprovecharla, principalmente porque se acercaría al pulgarcito de América. Él se inscribió para asistir a un congreso de misioneros de América latina a celebrarse en Guatemala. Eso le permitiría regresar a su país, aunque sea por unos días, después de casi doce años de ausencia. Su trabajo como voluntario en los grupos de jóvenes estaba dando resultados positivos porque fue la misma diócesis quien lo invitó a participar por considerarlo un misionero en esas tierras.

Ya estando en el país de la eterna primavera, se le presentó la oportunidad de conocer algunos lugares que siempre quiso conocer: Antigua Guatemala, con sus calles llenas de pasado colonial; Esquipulas y su Cristo negro, Atitlán y su sus volcanes centinelas y Tikal, el centro maya por excelencia. Al final, solamente estuvo con sus familiares unos días, pero prometió volver con más tiempo la próxima vez.

A Romax, el mundo indígena le atraía de una manera misteriosa; él pensaba que era porque su abuelo era descendiente de ellos y su sangre lo llamaba. Cuando fue a Tikal a conocer las ruinas mayas le ocurrió algo que lo hizo encontrar el cauce que serviría de guía en su camino. Esa aventura le ayudó a descubrir y confirmar su vocación personal.

Desde que aterrizó en el pequeño aeropuerto de Flores, una linda joven de descendencia maya se presentó ante él como la responsable del grupo. Ella vestía pantalón de lona azul, camisa verde oliva con la insignia de la agencia de viajes y una gorra gris con un pájaro quetzal alboreando en frente con una imagen de la pirámide de Tikal. Ella no tenía ninguna pizca de maquillaje en su cara y su sonrisa era tan dulce que provocaba sonreírle, su cabellera negra se escondía bajo su gorra.

Desde que se subieron, en el pequeño auto de diez pasajeros, entre los dos se estableció una atracción especial; Romax no sabía por qué ella le robaba la mirada. Ésta por su parte se sintió un poco cohibida, pero dando muestras de profesionalismo supo superarlo fácilmente.

Durante el paseo por las ruinas, se subieron y bajaron de las innumerables pirámides que se elevaban por entre los árboles ancestrales que las cubrían. Mientras caminaban, ella les explicaba parte de la historia maya, su desarrollo y muerte como civilización. Habló de su descendencia y de algunas costumbres que aún se practican en esas tierras porque en ese país la población indígena es muy grande, casi el cuarenta por ciento y se hablan más de veinticinco dialectos. La curiosidad llevó a algunos turistas extranjeros a querer investigar un poco más sobre la realidad indígena, porque en el extranjero se sabía muy bien que éstos estaban siendo maltratados por el ejército. Ella como buena diplomática, no respondió directo a las preguntas y se limitó a dar una respuesta vaga; quizás por miedo a posibles atropellos en el futuro.

La joven se sintió un poco avergonzada con la respuesta dada a los turistas y se sintió en la obligación de dar una verdadera versión de su realidad. Por eso, al terminar la excursión por las ruinas, y cuando los llevaba al hotel que quedaba como a una hora de camino, les preguntó si estaban dispuestos a visitar un pueblo maya. Esa noche había una celebración nupcial y, si lo deseaban, ella podía pedir permiso al sabio del pueblo para invitarlos. Solamente tres personas se entusiasmaron, entre las cuales estaba nuestro héroe.

A eso de las seis de la tarde, cuando todos ya se habían bañado y cenado, ella estaba llegando en un vehículo de tracción en las cuatro ruedas. Cinco personas se dirigieron a la fiesta, recorrieron más o menos treinta minutos y después entraron a un camino sin asfalto. Atravesaron entre saltos y polvo otros treinta minutos y al llegar a la orilla de un río, descendieron del vehículo para continuar a pie.

Por suerte para ellos, era luna llena y podían observar por dónde caminaban. Después de varios minutos, comenzaron a escuchar un cierto ruido que se intensificaba cada vez que se acercaban. De repente, al salir de un matorral se vieron frente a un pueblo indígena. Una gran fogata iluminaba el centro del lugar y unas chozas de palma hacían un medio círculo; los hombres estaban acurrucados alrededor de la fogata y las mujeres les servían algunos alimentos.

Había mucho incienso en el ambiente y la alegría de la música se hacía sentir a través de los intérpretes. Cuando llegaron, la muchacha se encargó de introducirlos con aquellos que manejaban más o menos el español. En el camino, ella había tenido la gentileza de explicar el rito y la manera que debían de comportarse. Además, les advirtió que no ingirieran nada que ellos les ofrecieran, porque podrían enfermarse, a menos que ella les diera el permiso. Muchas de las bebidas tenían drogas que provocaban diferentes efectos en aquellos que las ingerían.

El rito que celebraban era el de una boda; éstos primeramente pedían al sabio del pueblo el permiso para casarse y establecían juntos la fecha de su matrimonio. También, acostumbraban casarse por la religión católica para que su matrimonio tuviera validez en las leyes del país, esto era por puro formalismo.

La celebración estaba a punto de iniciarse y el sabio del pueblo "el tata", como le llamaban, estaba haciendo una oración en su dialecto, dirigiéndose a los cuatro puntos cardinales y finalizando en dirección del cielo. Los tambores y los cantos indígenas se escuchaban fuertes y con mucha alegría; mientras tanto, las mujeres del pueblo parecían decirle algo a la muchacha que se casaba y los hombres al muchacho.

Luego de la ceremonia, los esposos se metieron a una choza de paja para realizar el baño sagrado, que consistía en purificar su alma, con el humo de hierbas especiales, para que los espíritus bendijeran su unión. Cuando el sacerdote salió del lugar, era la prueba de que la unión estaba oficializada. Los recién casados no se volvieron a ver en la fiesta.

Romax que seguía muy de cerca la celebración, pudo observar que la joven guía desapareció por un rato y luego apareció vestida con traje típico muy hermoso y elegante. Parecía una princesa y era tratada como tal. También, por alguna razón extraña, la figura del anciano le llamaba la atención. Él se decía que era por parecerse a su abuelo. La curiosidad le consumía el espíritu y ésta lo llevó a meterse a la choza en donde se había metido el sabio.

Cuando introdujo su cara, se sorprendió al ver al anciano que lo miraba directamente. Le sonrió y lo invitó a pasar, luego diciéndole su nombre lo invitó a sentarse delante de él frente a la pequeña fogata. Cuándo escuchó su nombre, él sintió un escalofrió en su cuerpo. Fue parecido al momento cuando recibió la bienvenida por el arzobispo en su confirmación. Luego, para darse una razón lógica se dijo: "seguramente la guía le ha dicho mi nombre".

El señor se puso a fumar una pipa y a mirar fijo las brazas del fuego, solamente levantaba la mirada cuando le hablaba; dentro de la choza, habían velitas encendidas que despedían olores extraños. El ambiente era agradable y con un toque mágico muy especial.

Romax no sabía de qué hablar con el anciano cuando se encontró a solas, pero fue el sabio quien comenzó la conversación, que al final pareció un monólogo porque nuestro héroe apenas murmuró algunas palabras. "Lo que andas buscando en la vida no lo encontrarás en el exterior", le dijo en un español muy claro.

El muchacho viéndose sorprendido, se quedó preguntando ¿qué dice?, pero luego el anciano continuó como adivinándole el pensamiento. "La respuesta la encontrarás en tu vida, sigue el guión de ella y verás que tienes muchas cosas que ofrecer al mundo". Hizo otra pausa corta y continuó: "no reniegues tu destino y acepta el regalo del Dios de la vida, déjate guiar por tu corazón y encontrarás la verdadera felicidad".

El sabio se le quedó mirando con una mirada que desnudaba el espíritu, fija en sus ojos sin esbozar ninguna sonrisa ni otra muestra de su estado de ánimo. Lanzó a las brazas unos polvos que al caer en ellas despidieron aromas muy agradables al olfato. "Todos somos de alguna manera un caite de Judas en nuestra niñez, soltamos mariposas de papel en nuestra juventud y al encontrarnos con nosotros mismos, nos volvemos hombres de corazón", el anciano murmuró aquellas palabras que se clavaron directo en la mente del joven como gotas de acero inoxidable imposibles de desaparecer fácilmente.

Romax sentía como si el sabio lo estuviera desnudando sentimentalmente, una incomodidad le llenaba su sentir. Luego, el señor fumó su pipa y sin mirarlo continuó diciendo: "el hombre al igual que los árboles nace, es niño, llega a su juventud y luego se convierte en un árbol maduro. Los árboles son sagrados porque están unidos, en sus raíces, a la madre tierra; el hombre, los animales y los pájaros somos seres que debemos rendirle tributo a ella porque no somos sagrados. Nuestras raíces no están en la tierra, sino es el espíritu; nuestra madre es el Dios de la vida y por eso, somos sagrados a sus ojos".

Luego tomó unos granos de semillas secas y las aventó sobre un cuero de animal que estaba en el suelo; las recogió una a una sin decir nada. El muchacho lo observaba atentamente. El señor las estuvo moviendo entre sus manos, sacó de su boca una nube de humo y dijo: "tu eres un elegido que no encuentra su camino, pero sigue la esperanza rodeando tu existir hasta que llegues a tu destino. Mientras más te tardes en aceptarlo más tardarás en cumplir tu cometido".

El sabio levantó la mirada para clavarla en los ojos del invitado. Éste lo observaba como asustado y sin saber que hacer o responder se quedó mudo. "Ha llegado el tiempo que entres en tu verdadero desierto, mañana tendrás que comenzar a caminar para aprender a descubrir tu vocación como el elegido que eres". Se quedó callado por un momento, luego le sonrió y, con las dos manos, le hizo la indicación para que saliera de la choza.

Romax salió pensativo del lugar, pero luego una felicidad le cubrió su interior, parecía que había encontrado la luz que andaba buscando. A su mente volvió la imagen del anciano, aquel que había encontrado en las montañas del Imposible, en su tierra natal.

Llegaron al hotel a eso de las doce de la noche. Éste estaba cerca de la isla llamada "Flores" que tenía una circunferencia de un kilómetro cuadrado, pero en ella se concentraban los principales edificios gubernamentales de la región; el resto de casas eran en su mayoría comercios y algunas viviendas de los pescadores del lugar.

Romax estaba un poco agotado, pero lleno de una alegría inexplicable. Muchas ideas volaban en su mente por todo lo que le había dicho el anciano; en general, había repetido lo mismo que el otro sabio le había dicho en su juventud. Éste decidió darse un baño con agua tibia para relajarse un poco, se acostó de inmediato y cayó dormido como una piedra.

En la distancia escuchó que tocaban la puerta y medio dormido no le dio importancia. Al principio, Romax creyó que era su mente la que le estaba jugando una mala pasada, pero seguidamente se escucharon unos toques un poco más fuertes. "¡Alguien está tocando!", pensó. Adormitado se levantó para saber quién lo buscaba. Al abrir la puerta suavemente, con sorpresa descubrió a la persona visitante.

Cerró y abrió los ojos varias veces para confirmar que lo que estaba viendo no era un espejismo, pero al mismo tiempo pensó que era un sueño y sonriendo decidió continuar el juego.

Era la chica indígena vestida con un traje típico. Se veía muy hermosa, como vestida para una fiesta importante. Él no sabía que el traje que llevaba puesto era un traje especial, que había sido confeccionado por la abuela de ésta para cuando la joven se casara.

Ella le sonrió y le dijo muy suave: "¿Puedo pasar? Éste muy amable le abrió la puerta sin hacer mucho ruido. En los países latinos, el hecho que una mujer entre al cuarto de un hombre soltero es mal visto, y se presta a muchas habladurías. Ella entró y ambos se quedaron mirando por un instante, él le preguntó: "¿Pasa algo?" La muchacha un poco avergonzada le respondió suave "¡nada!", pero le sonrió de tal manera que Romax se sintió cohibido. En ese momento se dio cuenta de que tenía puesto sólo calzoncillos y se colocó una toalla para cubrirse un poco.

Como el cuarto solamente tenía la luz de la mesita de noche encendida, él dijo: "¡Encenderé la luz!", pero ella lo detuvo diciéndole: "¡Déjala así!, es mejor de esa manera". Le sonrió y agregó: "vine por dos razones", se quedó callada como buscando las palabras exactas para darse a entender. Mientras tanto él se sentó sobre el borde de su cama con las manos sobre sus piernas esperando que ella continuara. Luego, ésta le mostró una cadena con un dije en jade y le dijo: "¡Esto te lo envía mi abuelo, el tata!", se lo colocó entre las manos.

La cadena estaba hecha de trozos de madera pintados con colores propios de los indígenas, el dije tenía una imagen que representaba, según ella, el día del nacimiento del joven. Romax tomó en sus manos la prenda, pero su mirada no dejaba de observarla. Ella le dijo con un gesto que observara el regalo. El dibujo que estaba grabado en la medalla no le decía gran cosa, pero luego al observar detenidamente la figura de una cara que besaba la tierra se le aclaraba en su mente. Él sonrió y le dijo: "dale las gracias por este gesto tan hermoso".

Ella agregó: "el abuelo dice que tú eres una persona especial, uno de esos escogido por los dioses para vencer el mal, eres un elegido. El "Tata" dice que a nuestras vidas este tipo de personas las encontramos solamente una vez en nuestro caminar."

En ese momento, Romax comprendió la relación que existía entre la chica y el anciano, era su abuelo. "La verdad, yo no me siento un elegido, me considero una persona de lo más normal sobre la tierra." Aclaró el joven para alejarse de la palabra "elegido" que en cierta manera lo incomodaba mucho. Ella sonrió y agregó: "solamente los otros pueden decir si eres o no especial".

Él sonrió por la respuesta y para cambiar de tema le preguntó: "¿Y cuál es la segunda razón?, ella pareció sonrojarse y eso la hizo verse hermosa.

El muchacho intuyendo la respuesta le tomó de las manos con mucha ternura. Él no se había dado cuenta, hasta ese momento, que ella se había desatado su cabellera negra y que ésta le llegaba hasta la cintura. Su traje típico era de una sola pieza, muy colorido, que estaba traslapado y sostenido por un cinturón hecho de la misma tela, como una bata de baño.

Ella, mirándolo muy tiernamente le dijo: "¡He venido para quedarme esta noche con usted!", ya no lo tuteó. A pesar que ya esperaba la respuesta, al escucharlo de viva voz, él sintió un gozo muy especial. Ella parecía una jovencita de unos veinte años, más o menos, pero que en realidad tenía veinte y nueve.

Romax tomando un tono serio le respondió: "¿Repíteme lo que acabas de decir porque quiero estar seguro de lo que oí?" Ella tomando una pose altiva y seria le respondió: "¿Me gustaría compartir tu cama esta noche?".

Un silencio se dio entre los dos, a Romax le pareció el ofrecimiento todo un regalo, pero él sabía muy bien que a veces los obsequios gratis traen consigo colas inesperadas, por eso preguntó: "¿Por qué lo deseas hacer, si apenas me conoces? No me considero una deidad o una hermosura de hombre para que alguien tan bella como tú decida venirse a meter a mi cuarto en plena madrugada. ¿Debe haber algo más? Además, yo debo marcharme mañana por la tarde."

La mujer muy calmadamente le respondió: "¡Lo sé!, y estoy consciente de lo que quiero hacer. Mi abuelo dice que eres, lo tuteó, una persona sobre quien los dioses han puesto sus miradas. Dice que nuestros signos se complementan muy bien y que entre los dos solamente pueden pasar cosas buenas. Yo soy virgen aún y tengo veinte y nueve años, y es mi deseo acariciar aunque sea por una noche, las mieles del amor de un hombre que yo haya elegido. No deseo que escojan a mi pareja, yo te he elegido para que seas mi hombre."

Romax se sintió halagado por lo que le dijo, pero se sentía indigno de ser el primer hombre en la vida de una mujer tan bella porque desaparecería tan pronto como saliera de ese lugar.

Él tomando consciencia de lo que ocurría quiso dejar claro la situación y preguntó: "¿Pero eso no te causará problemas con tu gente? Me sentiría mal si te pasara algo por mi culpa". Ella le comenzó a acariciar el rostro con sus manos y le dijo: "¡No te preocupes, no tienes nada que temer! Estoy completamente consciente de lo que deseo hacer."

La mujer muy decidida tomó la iniciativa y sin dejar pensar al joven se desató el nudo que sostenía su vestido traslapado. Ella venía preparada para la ocasión y bajo el vestido no había nada más que su cuerpo; éste despedía un olor a flores silvestres de un aroma embriagador.

Ella se había bañado con néctares preparados para la primera noche de amor. No era muy grande de estatura, pero como él estaba sentado al borde de la cama y ésta estaba parada, se podría decir que los pechos de ella le quedaban enfrente al muchacho. La mujer le tomó las dos manos y las colocó sobre sus dos volcanes. En ese momento se terminaron las preguntas y las respuestas, ella cerró los ojos para dejarse amar.

Romax se lanzó al agua sin salvavidas, pero con la firme intención de navegar de punta a punta el océano que se le presentaba como un regalo de Dios. Mientras él comenzaba a acariciarla de una manera suave, ella le dijo tímidamente: "no te preocupes de nada porque me tomé unas hierbas para no quedar embarazada."

El joven sintió que un peso se le caía al escuchar las palabras de la joven. Las puertas estaban abiertas de par en par y él emprendió su entrada triunfal a paso lento, pero seguro. Comenzó dulcemente a acariciar el cuerpo terso y suave de la doncella. Sus manos comenzaron a marcar el terreno y luego su boca les siguió las huellas para sembrar sentimiento y emoción. Ella estaba parada, temblaba de placer con cada caricia que recibía. De vez en cuando, ella se apoyaba sobre la cabeza de él para sentir su aroma de hombre en brama.

Después, Romax la levantó para ponérsela en su cintura, la llevó a la cama dulcemente y ahí, con la mayor delicadeza, porque era la primera vez para ella, le enseñó lo que se siente hacer el amor por primera vez.

Antes de consumar el acto como tal, éste la hizo gemir de placer al llevarla con sus caricias a rincones que hasta ese momento eran desconocidos por ella. La mujer subió y bajó de los cielos llevada por un ascensor o una escalera a donde cada peldaño era un punto más alto de placer.

Después de haber superado el miedo de principiante, ella comenzó a sacar algunas técnicas que le había enseñado su abuela en su educación sexual para satisfacer a los hombres. Ambos se entregaron a una relación espontánea y cariñosa, donde el placer encuentra espacio en la ternura.

La joven no amaneció en la habitación porque se había marchado temprano. Romax, al despertar no sabía si era un sueño o una realidad, pero el collar en el suelo le indicaba que había sido una realidad aunque la duda de esa maravillosa noche quedó en el aire. La espera de un nuevo encuentro le daría la respuesta.

Para su sorpresa, cuando estaban desayunando en el comedor del hotel, llegó otro guía para sustituirla. Todos quedaron sorprendidos y la explicación que éste ofreció no se sostenía por sí sola. Romax era el más escéptico y su sexto sentido le decía que algo no andaba bien. El nuevo guía les había dicho que la chica había tenido un problema muy grave y por eso no había podido continuar guiándolos.

Ese día comenzaron conociendo una cueva muy antigua, ahí habían muchos dibujos ancestrales acompañados por estalactitas y estalagmitas. Luego los llevaron a almorzar comida típica de la región, carne de venado y armadillo. En el lugar, Flores, los rumores llegaron a oídos de los excursionistas; éstos hablaban sobre una matanza indígena en un poblado cercano. Estos comentarios hicieron camino en el muchacho y comenzó a atar cabos; él no se había dado cuenta de que lo habían llegado a buscar a su hotel. Su corazón le decía algo que no lograba comprender, un cierto descontento le palpitaba en el cuerpo.

Después del almuerzo, los llevaron en una balsa pequeña de motor a visitar el zoológico del lugar que se encontraba a la otra orilla del lago. En la casa de los animales habían muchas especies propias de la región, es decir: monos araña, venados, tigrillos, armadillos, zorros, loros, quetzales, cacatúas, culebras, lagartos, tortugas y todo esto acompañado de una vegetación abundante donde los lirios eran reyes.

Se suponía que ya no volverían al hotel y que se irían directo al aeropuerto; por eso, todos cargaban sus maletas preparadas. Estando ahí, el grupo se disperso para ver los diferentes animales, aves y plantas; Romax curioso de las aves y flores se apartó un poco del grupo que prefería los animales. Luego de unos minutos a solas, el guía se acercó a él para decirle que alguien deseaba hablarle con urgencia y le indicó una cabaña que servía de oficina. Cuando llegó al lugar indicado, para su sorpresa, la chica lo estaba esperando con un rostro un poco extraño. "¡Algo pasa!", se dijo.

Los otros dos turistas que habían visitado el pueblo, la noche anterior, estaban igualmente presentes. Él se alegró de verla, pero comprendió de inmediato que no era el lugar indicado para mostrarse cariñoso. Mantuvo su cordura y la saludó muy respetuosamente; ella en cambio guardó su distancia con él y aunque trató de disimular su estado no cambió su fisonomía. "¡Tenemos un problema!", les dijo de entrada y sin avisar. "Ayer por la madrugada, los soldados llegaron a la aldea y mataron a muchos hombres y mujeres. Buscaban al abuelo, pero éste no estaba en la aldea porque se había ido a orar a un lugar sagrado."

Romax que no salía de su asombro por la historia que estaba escuchando, le preguntó: "¿Cuál fue el motivo para que hicieran eso los soldados?". Ella simplemente le contestó: "para hacer esas cosas, nunca hay un verdadero motivo", sonrió irónicamente. "Suponemos que lo hicieron por el mismo motivo que han matado a tantos de los nuestros, las tierras." Luego, les dijo: "¡Estoy aquí!, dejó una pausa, porque supe que los habían ido a buscar al hotel. Supongo que alguien les dijo que habían estado en el pueblo, eso quiere decir que su vida está en peligro. Nosotros venimos a ofrecerles nuestra ayuda, si desean seguirnos."

Los tres turistas se vieron las caras y la duda se instaló en ellos, nadie les garantizaba que era verdad lo que ella les decía y hasta ese momento, ninguna persona se había acercado a ellos para preguntarles algo. La tesis del que nada debe nada teme, salió a relucir.

Romax pensaba que la chica no estaría ahí si no fuera algo serio, eso le daba bases para creerle, pero de todas modos le preguntó de manera indirecta: "¡Yo le creo!, pero me gustaría saber si tenemos otras opciones. Anoche soñé que la vida es hermosa y hay que vivirla para saberlo."

Ella comprendió el mensaje y le respondió: "en verdad, ustedes puede quedarse y ver que pasa. Podría ser que por ser extranjeros respeten su vida, pero si es lo contrario estarían en peligro. Los sueños tienen que ver con la realidad y muchas veces la realidad parece un sueño, pero en todo caso siempre queda una huella en la realidad de la persona". Ella se tomó un collar que tenía en el cuello con la mano para acariciarlo.

El joven que tenía puesto el dije se dio cuenta de que la señal estaba dada y confirmada. Ella se apresuró a dar la última oportunidad y les dijo: "mi obligación era advertirles, aquel o aquellos que quieran acompañarlos serán bienvenidos y el que desee quedarse, le deseo buena suerte. No puedo decirles a dónde los llevo por precaución y protección de un pueblo que me espera".

Ella dio unos pasos en dirección de la puerta y salió del lugar esperando que alguien la siguiera. Los tres turistas se vieron las caras y dos de ellos hicieron una señal negativa. Romax sonrió y salió del lugar con paso firme y rápido en dirección de la muchacha. Él conocía de sobra la realidad de un pueblo en dónde las leyes pertenecen al que tiene el poder y no en aquel que tiene la verdad.

Al rato de haber salido, una lancha con soldados llegaba al zoológico. Desde la distancia Romax y sus acompañantes observaron la escena. El muchacho se había quedado pensativo por los otros turistas y reflexionaba su decisión. Ella se le acercó y le dijo: "¡Tienes que seguirme sin preguntar o te matarán aquí mismo!", él la vio y una duda se reflejó en sus ojos.

Al verlo le dijo: "mi abuelo me dijo que te dijera que las mariposas no pueden quedar en el olvido; es necesario echarlas a volar." Romax comprendió la señal y sintió que estaba haciendo lo correcto. "¡Te seguiré, vamos!", le dijo con firmeza.

Desde ese momento comenzaron una caminata por varias horas sin descansar y sin hablar, todos mantenían un paso rápido. Al anochecer, se encontraron con el resto del pueblo y se dispusieron a pasar la noche en ese lugar. Por la madrugada lo despertaron para comenzar de nuevo su recorrido para aprovechar la oscuridad y alejarse lo más posible de las manos del ejército. Pasaron pantanos, subieron árboles y rocas, atravesaron ríos y, por último, un lago muy extenso.

Romax no se quejaba y trataba de seguir el paso de los indígenas que no bajaban su ritmo de marcha, ellos estaban acostumbrados a esos recorridos. Estaban tan habituados que hasta los zancudos parecían conocerlos porque no los picaban. Con él, en cambio, se estaban dando un banquete, algo así como un nuevo platillo a descubrir.

Hasta ese momento no había tenido tiempo de hablar con nadie, ni con la chica que se ocupaba de los niños ni con el sabio que guiaba la tropa. Al segundo día, cuando acamparon, el anciano lo mando a llamar con su sobrina. Durante el encuentro, el abuelo le planteó la situación y le dijo que lo trataría de poner a salvo llevándolo fuera del país. Ella le explicó que la aldea se iba a radicar en lo profundo de la selva, pero que a él lo llevarían a un pueblo que ellos conocían para que pudiera regresar sin problemas a su casa.

A la media noche lo despertaron para continuar la caminata, él y otros tres indígenas se separaron de la tribu para dirigirse, en dirección opuesta, a buscar el lugar donde otro grupo de indígenas lo llevarían a una ciudad mexicana.

Antes de separarse, el anciano aprovechó para darle algunos consejos y algunas palabras lo marcaron, entre ellas una frase le llamó la atención de sobremanera. "Te espero ver más adelante porque tu camino apenas comienza; además, nuestras vidas están ligadas por el destino." Esto le dejó una inquietud en su espíritu.

El pequeño grupo que acompañaba al chico estaba compuesto por dos hombres y una mujer, la guía. Caminaron con el mismo ritmo toda la madrugada y a pesar de que el chico trataba de sostener el paso, él sentía que su cuerpo lo estaba traicionado. Éste empezó a sentir un malestar en sus huesos y unos fríos le recorrían de vez en cuando su interior. El sudor comenzó a ser abundante y los ojos le picoteaban constantemente. La muchacha que no se había percatado del estado de salud de Romax no disminuía el paso, parecía que deseaba salir de ese compromiso lo antes posible.

Al llegar a un río, que poseía una poza con una pequeña cascada, decidieron acampar en ese lugar. Al principio, el joven no veía espacio para hacerlo porque habían muchos árboles y piedras alrededor. El grupo se dirigió directamente al pie de la cascada que medía como unos diez metros de alto. Para su sorpresa, al llegar a donde caía el agua, los indígenas se metieron por un costado de la peña, justo detrás del agua.

Cuando Romax entró al lugar se encontró con una cueva muy amplia, un poco oscura y con una magia especial. La luz que atravesaba el agua iluminaba suavemente la entrada dándole un toque romántico a la habitación. Se instalaron alrededor de una fogata y se dispusieron a preparar los alimentos, en el camino habían cazado unas aves y un conejo.

Durante la cena, la muchacha se dio cuenta que el joven no estaba bien. Le preguntó si estaba enfermo, pero el interesado respondió que todo estaba correcto. Su machismo no le había permitido aceptar su situación y dejar que lo atendieran. Él apenas había probado bocado y cuando quiso levantarse para ir a su lugar de descanso, sus piernas no pudieron realizar el esfuerzo y se desplomó perdiendo conocimiento de inmediato.

La mujer al tomarle la temperatura pudo comprobar que estaba hirviendo de fiebre y comenzó a ponerle compresas de agua frías para bajársela. Ella vio que el chico estaba muy grave por lo que le pidió a uno de los acompañantes que regresara y alcanzara al abuelo para que le enviara una medicina natural. La muchacha sospechaba que podía ser la malaria o alguna enfermedad trasmitida por los insectos. La única oportunidad para que él viviera era que tuviera controlada la temperatura. Al mismo tiempo, le pidió al otro acompañante que se adelantara para avisar al grupo que los esperaba porque no llegarían a tiempo.

La guía indígena había logrado bajarle la temperatura, pero ésta era muy inconstante. Romax temblaba y deliraba mucho, entre sus sueños se mezclaba la realidad y su pasado. Ahí, la figura del abuelo y del padre se hicieron presentes para acompañarlo en su travesía por ese desierto lleno de mucha incertidumbre y zozobra. Sus debilidades lo acosaron como una oveja entre lobos y por mucho que resistía caía rendido en sus brazos, pero luego sus principios lo hacían sentirse mal y maldecía su cobardía.

Por la madrugada, la fiebre dio un golpe de muerte y lo llevó al extremo de la vida. Ella al sentirse atada de pies y manos para contener la fiebre se vio obligada a desnudarlo por completo para empaparlo de agua helada. Esto ayudó a controlar la arremetida, pero luego se pasó al otro extremo y comenzó a temblar como alguien que está en un refrigerador. La pequeña fogata que los acompañaba no daba abasto para calentarlos y ella no tuvo otra opción que desnudarse para acostarse sobre él. La mujer estaba segura de que su cuerpo le daría el calor suficiente para calentarlo y sin pensarlo dos veces lo hizo. Se arroparon con lo poco que tenían y con mucha ternura lo consolaba al sentirlo sufrir. Sus caricias y sus cantos indígenas lo calmaron y produjeron una calma interior en él que provocó que el frío disminuyera. El cansancio y el sueño dominó a ambos hasta hacerlos caer completamente dormidos, pero al buen rato, Romax volvió a revivir la noche que pasó con la princesa indígena.

Quizás fue el olor corporal de ella que le despertó el apetito sexual al moribundo y como la posición en la cual se encontraban favorecía ir más allá del simple dormir. Las manos y labios del joven encontraron el molde para crear una escultura de amor en la oscuridad de la noche.

Los cuerpos ya estaban acoplados y no tuvieron inconveniente en amoldarse a sus necesidades; ella se dio cuenta de la realidad hasta que se sintió gimiendo al ritmo del movimiento de él. Ésta sin saber si el muchacho estaba conciente o no se entregó sin reparos ni barreras, no tuvo fuerzas para negarse y se entregó de manera automática. Incluso, le facilitó la tarea llevándolo por el sentido correcto.

Después de eso, ambos terminaron vencidos y durmieron hasta el medio día. Romax estuvo conciente poco tiempo porque volvió a caer con fiebre de inmediato. La muchacha la mantenía controlada con tisanas de hierbas del campo. Esa segunda noche en la cueva se acostaron muy temprano, pero en esta ocasión ella trató de mantener la guardia por si se empeoraba.

Parecía que el peligro había pasado y se acomodó a su costado vencida por el sueño. A eso de las dos de la mañana, fue la mujer quien se despertó temblando de frío; el muchacho en cambio estaba con una temperatura normal muy bien cobijado porque tenía todas las colchas sobre él.

La mujer no tuvo otra opción que meterse bajo las sabanas con él. Ella estando a su lado, se puso a meditar que quizás nunca más lo volvería ver cuando se separaran. La melancolía y la nostalgia le fueron ganando el espíritu y comenzó a llorar en silencio. Su sentimiento provocó buscarle la boca para besarlo con mucha pasión, las lágrimas se unieron al acto y desataron una reacción en cadena. Él se despertó con un insaciable apetito de amor y comenzaron a amarse con mucho ímpetu nuevamente.

Al siguiente día, Romax se despertó cansado como a las seis de la mañana. Buscó a su acompañante en la cueva y no la encontró cerca, le entró una curiosidad y se levantó para buscarla. Así, desnudo como se encontraba, se dirigió a la puerta de la cueva. Ella se encontraba bañándose bajo la cascada y al verse, ambos sonrieron.

Era la primera vez que se veían completamente desnudos en la claridad. La mujer, que estaba parada con el agua hasta la cintura, dejaba que las aguas de la cascada acariciaran su bonito cuerpo de princesa indígena. Luego, le bajó la mirada y se dio media vuelta para seguir enjuagándose el cuerpo.

Romax vio el movimiento como una invitación a acompañarla. Éste se metió al agua con mucha suavidad y deslizándose como un pez se dirigió hasta la princesa para unirse en un abrazo muy fuerte. No hubieron palabras ni promesas, las lágrimas brotaron de nuevo en ella, pero se confundieron con el agua que los bañaba.

Al medio día, llegó un indígena con la medicina y ésta terminó de curar al enfermo. Al día siguiente, recomenzaron la caminata y al anochecer se estaban despidiendo con el corazón en la mano.

Después de eso, el recorrido llevó a Romax hasta la capital mexicana en donde abordó un avión que lo condujo a su país de adopción.

Cuando regresó a Canadá, Romax no tenía trabajo y pidió una ayuda al gobierno. En ese país cuando una persona se queda sin trabajo cae automáticamente en un programa gubernamental que se llama "chômage", seguro por cesación de trabajo; los empleados durante su vida laboral cotizan una parte de su sueldo para los tiempos de las vacas flacas. El dinero que les dan o devuelven es para que pueda sobrevivir dignamente durante la búsqueda de una nueva profesión.

Romax pensó que éste sería el tiempo propicio para darle una verdadera oportunidad a su inclinación literaria. El viaje le había servido para concretizar el valor de su vocación y dar el inicio en ese campo, el libro había comenzado a tomar forma en su mente.

Aún, las dudas por momentos le visitaban para meterle la cizaña en su espíritu. El inconsciente le preguntaba: "¿Eres tú un escritor? ¿Te crees escritor? ¿No serás una llamarada de tuza?, pero no se quedaba así porque atacaba rápidamente con otras preguntas que echaban tierra sobre el muerto. ¿Posees tú las cualidades o requisitos de un escritor? Esa profesión es muy sufrida e incomprendida, ¿Estás dispuesto a sufrir por ella? ¿En qué te basas para llamarte escritor? ¿Será un simple sueño de adolescente o un deseo sólido? ¿A dónde llegarás con esa historia?".

Esos cuestionamientos lo hicieron sentarse y dejar que las respuestas salieran de su alma. Meditando se respondió: "un escritor debe de ser una persona creativa capaz de sacar de la nada una rosa, convertir una realidad en un cuento de hadas, hacer volar por el tiempo entre el pasado, el presente y el futuro, identificar en el mundo aquello que identifica a los hombres, conocer muchas culturas y lugares, amar la lectura y saber leer entre líneas para descubrir un tesoro, saber descubrir en lo pequeño y sencillo una sabiduría de la vida, amar el verso y la prosa, el silencio y el ruido. Un escritor debe ser capaz de cambiar de roles y vivir los sentimientos de los otros como propios. Tiene la obligación de trasmitir un mensaje, pero eso que comunica tiene que ser parte de su ser. De preferencia, no tiene que tomar bandera alguna y ser lo más universal posible, su filosofía tiene que estar unida a la vida.

Un escritor debe de ser sensible, humano, minucioso, detallista, curioso e imaginativo. La gramática y ortografía son elementos complementarios que le sirven de base para realizar su trabajo, pero que puede, en cierta manera, encontrarlos externamente."

A medida que se escuchaba se iba dando las respuestas a sus preguntas y su vocación iba tomando pies y cabezas. Se dijo, entonces: "¡Le daré una oportunidad a este sueño de ser escritor! Si al final me doy cuenta de que no sirvo para esto, me haré de lado y seguiré mi camino sin hacer rechinar mis dientes."

A partir de ese día, Romax comenzó a desempolvar sus escritos. La ventana de su alma comenzó a ver salir las expresiones de amor que yacían en silencio esperando ver la luz de una oportunidad para volar en los ojos de los demás.

Para su sorpresa, todo el material escrito durante su juventud le indicaba que fácilmente podía sacar de allí al menos unas diez obras. Encontró libros completos de poemas, hojas de servilletas de papel por cantidades para formar rollos enteros, muchos cuentos e historias. Mientras más los leía, más se daba cuenta de que su vida había estado marcada por la escritura. Cuando se detenía a leer una de sus inspiraciones, automáticamente volvía al lugar y al momento en que la escribió. Toda esa actividad fue como una terapia para curar su alma.

Al finalizar de sacar a la luz todo el material, la pregunta que le vino a la mente fue la misma: "¿Cómo hacer para meter todo ese material en una sola unidad?" Esta interrogante hizo camino por muchos días en su mente. Entonces, pensó en las frases que lo habían marcado: "pon tu vida como guía, no busques afuera lo que tienes dentro, tu vida es una expresión de amor para el mundo, todos somos caites de judas una vez en la vida, las mariposas de papel necesitan volar para ser felices, tú eres un hombre de corazón, etc."

Después de este recorrido por su pasado, sonrió porque había encontrado el hilo que uniría todas sus creaciones. De ese modo, comenzó a escribir poniendo como guía su vida, pero enriqueciéndola con los recuerdos del padre, del abuelo, de la madre, de los amigos, de los hermanos y de algunas personas conocidas. Cuando ya había escrito como unas trescientas páginas, se dio cuenta de que si seguía de esa manera, le saldría una enciclopedia.

Fue entonces que dejó de escribir durante una semana para meditar. En esos días vinieron a su mente, de nuevo, las palabras del anciano: "en la vida, todos somos un caite de judas, dejamos volar nuestras mariposas de papel y nos convertimos en un hombre de corazón", una sonrisa le brotó de su rostro al saber el título de cada uno de sus primeros libros.

De ese modo, comenzó a organizar el libro siguiendo su caminar en la niñez. Así nació lo que él llamaría: "El caite de judas". El entusiasmo se fue amparando de él, porque al comenzar a escribir, parecía que todo le fluía muy natural.

Romax dejaba libre su pensamiento y éste se iba desenredando con mucha dulzura y delicadeza sobre sus hojas de papel como una bola de seda que se va desnudando para crear una obra de arte en las manos del tejedor.

Comenzó a recopilar los poemas, los cuentos, las canciones y las parábolas para ir agregándolos a sus personajes según se iba desarrollando la obra. Como su libro estaba escrito en la mente, sólo puso las bases y el estilo que utilizaría en orden para luego dejar que su imaginación fluyera como un manantial en plena libertad. Era tan vasta y abundante su riqueza literaria que su tesoro cada vez iba tomando volumen y grandeza.

Para Romax, este libro también fue como una terapia porque volvía a renacer en su pasado dónde su abuelo, su padre y su madre eran parte importante de su historia. Dándole vida a los personajes se daba cuenta de que su historia había sido hermosa, de que había vivido muchas aventuras llenas de peligro y emoción; de que su abuelo había sido el primero en sembrar la fantasía de un cuento; de que su padre había puesto en él la profundidad de un poema y de que su madre le había enseñado la importancia de la solidaridad entre las personas. El caite de Judas nacía entonces como una expresión de amor que debería ser conocida.

En ese momento, Romax encontró el nombre de su bebé, "Una historia de amor". Él se decía a sí mismo: "quiero que mi obra sea una expresión de amor para todo el mundo, que en ella se refleje la mano de Dios en los hombres y que la ayuda al prójimo vaya relacionada con el éxito personal. Deseo que en mis aventuras se reflejen las personas, que mis vivencias siempre tengan un mensaje positivo y que mis dones literarios tengan un espacio especial para que aparezcan desde el principio hasta el fin. Que cuando lean un cuento, el niño que llevan dentro despierte con una sonrisa; que cada poesía sea una flecha de amor que toque el corazón como ungüento de tranquilidad; que mis canciones se escuchen como gorriones llevando cartas de amor al mundo; que mis reflexiones sean el eco de una humanidad deseosa de ser escuchada sin pelos en la lengua; que mis leyendas tengan en su vientre las costumbres y habitudes de mi pueblo, pero sobre todo que en cada descripción pueda llevar a mis amigos, los lectores, a descubrir las bellezas de otros lugares y situaciones."

Cuando decidió tomar lápiz y papel, sucedió un fenómeno inesperado. Desde que sus dedos tocaron el teclado, éste comenzó a apoderarse de él y se puso en sintonía con su mente y su espíritu. Parecía que el libro ya estaba redactado dentro del escritor; por eso, cada palabra, línea o párrafo se develaba libremente ante la sorpresa atónica de su creador.

Esta situación maravillaba su ego y lo impulsaba a consagrarse totalmente a su nuevo y viejo juguete, la escritura. El tiempo comenzó a perder importancia en su vida a tal grado que sus hermanos tuvieron que intervenir para calmar su ímpetu.

El aprendiz de escritor no tenía ninguna planificación de su trabajo, lo podía realizar todo un día y su noche sin pausa alguna. Hasta cuando dormía su mente seguía moldeando las diferentes situaciones que deseaba poner sobre papel. Luego de la primera ola de entusiasmo y muchas páginas escritas, se dio cuenta de que su vocación no era un juego, tenía que ser profesional en ello y ponerle mucha seriedad a su trabajo.

De ese modo, él mismo se fue imponiendo criterios de excelencia. Por ejemplo, primeramente trabajaba la idea de manera general, luego la repartía en capítulos y después, lo descomponía como una pequeña obra con su inicio, desarrollo y fin.

Todo esto lo preparaba en su mente y le daba muchas vueltas poniéndole o quitándole cosas para obtener el mejor resultado posible. Cuando ya estaba satisfecho en un noventa por ciento de ello, se disponía a escribirlo. Ahí comenzaba otro proceso de perfeccionamiento, donde al ir desarrollando el producto final podía tener mejoras, incluso al terminar de escribir la obra, si no le gustaba podía comenzar a escribirla de cero nuevamente. Claro que todo esto lo alcanzaría a realizar con el tiempo.

Por eso, en menos de tres meses, ya había escrito la primera parte de su obra, "El caite de Judas" y sin exagerar, éste contenía más de seiscientas páginas. La segunda parte, "Mariposas de papel", la terminó en dos meses y medio; y la tercera parte, "Un hombre de corazón", en dos meses.

En él se veía el avance como escritor y su profesionalismo iba aumentado con el trabajo y la dedicación. La autocrítica comenzó a ayudarle en su proceso porque fue identificando sus lagunas y necesidades para crecer como tal. Por eso, rápidamente comprendió que su obra no podía quedar enmarcada en sólo un libro, había en él mucho material para ofrecer al mundo y limitar sus alas era quedarse nada más con ver la punta del iceberg en el horizonte.

Romax tenía la imagen de su obra como una joya preciosa envuelta en muchas capas de barro que esperaban pacientemente ser limpiada para brillar en los ojos de la humanidad. Por eso, cada vez que entraba en una temática se encontraba con muchas sorpresas y exigencias que, a veces, lo obligaban a cambiar de rumbo completamente; también hubieron situaciones que provocaron un cierto malestar o desencanto por lo que desaparecieron por completo de su cielo.

Al terminar el primero libro hizo varias copias, las repartió entre sus familiares y amigos más cercanos para que lo leyeran. En sí, él quería saber su opinión en cuanto al contenido como obra y si valía la pena su publicación, porque la ortografía y la gramática sería la otra etapa. El resultado fue excelente, todos estaban muy contentos con la obra y lo apoyaron para que continuara en su proyecto de convertirse en escritor.

Haciendo un auto-análisis pensó que lo más práctico sería escribir un libro que fuera como un resumen de varios tomos; que hablara de todos, pero que al mismo tiempo dejara espacio para los otros; algo así como un todo que muestra el conjunto y deja el detalle para sus partes. De esa manera, nació lo que él llamaría su trilogía y a la cual le puso como nombre: "Romax, una historia de amor" que contendría, según él, una idea general del recorrido que llevaría al protagonista a descubrir su vocación literaria.

La idea inicial no era solamente la publicación de un simple libro de papel, éste iría acompañado con un disco de canciones propias que se encontraban en la obra y si era posible, en el futuro, sacaría por aparte los cuentos y los poemas. Claro que la realidad lo fue bajando de las nubes muy rápidamente al darse cuenta de que los costos subían como la espuma con cada página que aumentaba, no digamos el proceso de creación de un libro que requería un esfuerzo económico mayor.

Con el primer machote entre sus manos, comenzó la aventura de buscar un editor. Siguió su instinto y antes de acercarse a uno de ellos, decidió buscar información de primera y segunda mano; es decir, preguntar a otros escritores y gente del medio, así como buscar por Internet las diferentes empresas y sus exigencias.

El primer problema que encontró fue que en Montreal no existían editores que aceptaran publicar libros en español, solamente en francés o inglés. El segundo eran los costos de la edición, ellos exigían que el dueño cubriera al ciento por ciento todos los gastos. Y el tercero, estaba relacionado con la gramática porque según muchos buenos lectores, la obra poseía muchos errores gramaticales. La búsqueda de un corrector no se veía necesaria sino imprescindible. Luego aparecieron otros pequeños obstáculos como: la creación de las portadas, la presentación, la ilustración y conseguir el capital necesario para llevar a cabo el proyecto.

Con la idea de buscar en un mercado latino una oportunidad de publicación, decidió emprender el viaje para visitar a su hermana en los Ángeles, California. Pero su viaje no fue muy fructífero porque se dio cuenta de que moverse en esa ciudad era casi imposible si no se tenía vehículo, pero obtuvo una dirección de una editora que ayudaba a los nuevos escritores. Ésta se llamaba "Dorrance Publishing Co.", en Massachussets. De inmediato se puso en contacto por Internet con ella.

Al mismo tiempo descubrió otra que se llamaba "Versal Book" que estaba ubicada en Boston con la que de igual manera entro en relación con ella. Ambas editoras le pidieron una copia del manuscrito para revisarlo y poder dar una estimación aproximada.

Romax, por los consejos de sus amigos y por sugerencia de otros escritores, registró su obra para proteger sus derechos como creador. Les envió una copia por correo normal cuando todo estaba arreglado. Claro que el escritor conocía las dolencias que padecía su libro por lo que esperaba algo más que una simple evaluación de costos de parte de las empresas.

Las dos empresas poseían un programa de coedición donde ellas ponían una parte y el autor la otra. A las dos empresas les gustó el material, pero la diferencia de costos era grande. La primera le pedía una inversión de doce mil dólares americanos y la segunda siete mil. Romax prefería la segunda, pero en ese momento no poseía el dinero necesario para realizar el proyecto, por lo que tuvo que renunciar a ambos. Además, hubo un detalle que lo desencantó en ambas compañías, ninguna hizo mención alguna sobre la situación gramatical y él sabía perfectamente que aún la novela no estaba corregida por un profesional. Ese detalle le metió una mala espina.

Decidió entonces, como lo hacía siempre, no tomar decisiones precipitadas y darle al tiempo un espacio para que le ofreciera otra solución. Luego pensó en una frase de su abuelo que decía: "si la montaña no viene a ti; entonces, tienes que ir tú a la montaña". De esa manera nació la idea de crear su propia empresa editora y al meditar esa ocurrencia, el cielo se aclaró delante de sus ojos.

Como Romax poseía conocimientos en administración de empresas, estos facilitaron la creación del proyecto. Al tratar de inscribir la compañía en la oficina gubernamental, ésta le exigió un nombre y así, sin tanto pensar, nació "Ediciones Romax", que tendría como misión: "difundir la producción literaria, en exclusiva, de Robert Maximiliam."

Aunque ya había enviado varios ejemplares a las editoras, la obra como tal, aún estaba en su etapa de revisión; los amigos del chico, que la habían leído, le habían encontrado muchos errores ortográficos y gramaticales. El autor, conciente de esa debilidad, paró la búsqueda de editores externos y se quedó con la idea de convertirse en el propio editor. Él seguía trabajando en su mente el conjunto de la obra. Por esta razón, le quitaba o le agregaba algo cada vez que la inspiración le llegaba. Se podría decir que había escrito como cinco veces la misma obra, porque parecía que no lograba llegar a alcanzar la perfección que deseaba obtener.

Él sabía que el producto como tal era muy bueno, pero deseaba que en ella quedara plasmado, de alguna manera, su verdadero sentir. A pesar de haber puesto mucho tiempo en la escritura de la misma, éste seguía trabajando en ella, pero no lograba llegar a obtener algo que lo llenara literariamente. Así duró durante un año y pasaba de verdes a amarillas sus ideas. Por eso, decidió poner nuevamente las tortillas sobre el comal para que se calentaran a fuego lento, es decir la puso a reposar.

Romax, en ese momento, no sabía si un día la llegaría a publicar, pero sí sabía que ella le había demostrado algo: que su vida estaba ligada a la escritura. Se había descubierto todo un escritor.

En la novela se desarrolló un dilema personal: seguir buscando trabajo en su profesión o simplemente reorientar su vocación profesional. Él siempre había escrito por el placer de decir las cosas y, también, como una terapia personal para sacar de su interior aquello que de alguna manera espinaba su alma.

El muchacho sabía muy bien la diferencia entre escribir por placer y hacerlo como una profesión. La pregunta que se hacía era: "¿Qué tan bueno soy escribiendo para vivir de ello?" La cultura popular decía que la mayoría de escritores o artistas se morían de hambre y muy pocos sobrevivían en ese ambiente. En la mente de Romax se iluminaban las palabras del abuelo: "tu eres especial y tienes que brillar con luz propia." El joven para motivarse se decía en voz alta: "tengo que darle una oportunidad de crecer a mi bebé, no puedo dejarlo a la mitad del camino."

De vez en cuando se perdía en sus pensamientos y se lanzaba al vacío de su imaginación. "¡Me gustaría que la obra saliera escrita en francés y en inglés! ¡Quizás si busco alguna persona que quisiera servir de patrocinador me sería más fácil la publicación!", su mente comenzaba a volar alto. "Le pediría que me apoyara para sacar un disco con las canciones de Romax; publicaría también por aparte los cuentos, las fábulas, los poemas y las cartas. Mas aún, si la editorial tomara vida, mostraría la luz a mis mariposas; el 'PEDO' y el 'DEDO' volverían a nacer; las canciones que duermen en mis casetes despertarían y, sobre todo, haría realidad mi sueño de crear una escuela técnica, una sólo para madres solteras y un orfanato. Sería fantástico poder ayudar a las aldeas infantiles 'S.O.S. de El Salvador' y crear un fondo para becas de estudios universitarios destinadas a los jóvenes de escasos recursos económicos," soñaba despierto.

Como toda persona que sueña despierta, era el mismo día quien se encargaba de traerlo a la realidad. Desde ese momento, parecía que todo le salía al revés con relación a su libro: las imprentas le querían comer hasta la camisa, no encontraba ninguna persona que se interesara en su obra, no encontraba trabajo para poder ahorrar dinero. Cada vez que se encendía una luz aparecía algo o alguien que se encargaba de apagarla. La ilusión se le vino muchas veces al suelo y hasta pensó en destruir sus manuscritos, y todo lo que se relacionara con su vida de escritor.

"¡Si me dieran una sola oportunidad para demostrarles el valor de mi libro!, suspiraba. ¡Estoy seguro de que el mundo quedará encantado con él! Solamente necesito una oportunidad", se repetía continuamente.

Cerró sus ojos y se dejó penetrar por el silencio, de repente, se sintió volar por los aires y se descubrió como algo frágil y pequeño en las manos de lo desconocido. "¡La semillita!", se dijo recordándose de la historia de la semillita que quería saber si sus flores eran bellas. Sonrió y luego, se puso a orar diciendo:

¡Señor!
Me declaro vencido.
Perdóname por querer resolver mis cosas
por mí mismo y dejarte de lado en mis proyectos.
¡Qué se haga tu voluntad en mi vida como en mis sueños!
Si mi libro tiene algo bueno que aportar a la humanidad,
haz que el mundo lo conozca,
pero si es negativo no lo dejes en libertad,
No permitas que salga a la luz.
Tú me conoces muy bien, quizás mejor que yo.
Sabes que no busco ni dinero ni ser famoso
porque sé que esos dos dioses no traen la felicidad.
Guíame en mi camino para que Romax sea algo de bien,
acompáñame en mis triunfos y fracasos en esta aventura.
Y sobre todo ¡Señor! que todo se haga en tu nombre.

Amen.

Romax continuó escribiendo, sin saber cuándo ni cómo su primer libro vería la luz de sol para poder salir a volar. Él dejaba en las manos de su amigo, Jesús, el destino de su libro porque solamente él podía decidir el día y la hora de su nacimiento ante los ojos de los demás. Según Romax, su libro tenía que nacer bajo la protección de su fe; éste era un gesto de amor, cómo lo había sido su vida.

"Descubrirse ante sí mismo,
es encontrarse con su destino.
Encontrar su camino,
es caminar sin miedo y con tino.
Nuestras huellas van marcando nuestro paso,
nuestro paso va escribiendo nuestra historia;
nuestra historia va quedando en el ocaso,
y el ocaso, nos avisa que hay maravillas en nuestra memoria."

3.9 Un sueño hecho realidad.

Romax había terminado de escribir, a grosso modo, su trilogía. La novela, como tal, no estaba definitivamente acabada porque le faltaban los últimos toques, es decir: un prólogo, las portadas, la revisión y, en cierta manera, el montaje editorial. Por todas esas razones, el producto había entrado en una etapa de tranquilidad y avanzaba a paso de tortuga, pero seguro.

El muchacho, siempre que necesitaba tomar decisiones importantes o meditar sobre algún tema que le molestaba el alma, buscaba un rincón especial para escapar por unos momentos y poder ver los problemas desde otro ángulo. Su libro se estaba convirtiendo en una obsesión para su espíritu y parecía un nunca acabar. Él llegó a preguntarse si en verdad su creación llegaría a ver la luz de la vida, muchas veces se sintió derrotado con tanto obstáculo y por segundos cedía a la tentación de tirarlo todo y renunciar. Pero su espíritu de lucha volvía a la carga y lo convencía de que los problemas solamente eran pequeñas pruebas en el camino del éxito. Los verdaderos triunfadores son aquellos que perseveran en la lucha y no ceden ante las adversidades. "Un triunfo sin fracaso es un medio triunfo", le gritaba su espíritu.

Por eso, como por inercia, un día se fue a visitar el "Oratorio de San José" y buscó su rincón preferido, lo más alto de las gradas exteriores. Desde ahí, se podía observar la parte norte de la isla de Montreal y la isla adyacente llamada "Laval".

Muy pocos edificios altos existían en esa zona por lo que el panorama se extendía hasta donde la vista lograba darle alcance. Los aviones que salían o entraban al aeropuerto le recordaban la alegría de conocer otras tierras. Ese lugar le invitaba a volar y a escaparse de su realidad, especialmente cuando en el poniente el sol se disponía a dar sus últimos suspiros y las luces de la ciudad aparecían una a una como estrellas en la tierra.

En esa ocasión, analizando los momentos más bellos que le gustaría compartir con la gente, se escapó directo a su infancia. Romax cerró sus ojos al atardecer que tenía frente a él, se dejó amar por la vida y se sintió como una mariposa danzando sobre las flores de su historia. Llegaba a un episodio, lo miraba, lo acariciaba y lo saboreaba. Luego, volvía a retomar el vuelo para llegar a otro, y así sucesivamente, fue volando por cada uno de sus momentos preferidos hasta llegar a su presente. Al abrir los ojos, una frase salió de sus labios: "mi vida es una historia de amor". Sonrió como alguien que se gana la lotería y confirmaba con ello el título des su bebé.

Ya tenía lista su obra para la revisión final, le hacía falta sólo un profesional en literatura española para que le hiciera el trabajo. Romax comenzó a buscar con amigos y conocidos que le refirieron algunos de ellos; pero al contactarlos, éstos le pidieron demasiado dinero para realizar la revisión, por considerarla muy extensa. Él estaba de acuerdo, pero no tenía los medios necesarios para sufragar esos gastos, solamente su determinación y fe lo mantenía en la lucha. Él se decía para motivarse: "pueden haber mil puertas cerradas, pero estoy seguro de que una se abrirá en cualquier momento. ¡Tengo que tener fe!".

Un día, revisando las fotografías de su colección, se encontró con una de las primeras que se habían tomado al llegar a Montreal. Fue en una reunión familiar, todos habían llegado a celebrar el cumpleaños de un amigo de la iglesia. Ahí encontró a un personaje muy simpático y agradable, un sacerdote español con quien se identificó de inmediato. En ese tiempo, Romax tenía un poco de pavor a los curas; tantas historias que salieron en los periódicos lo había hecho reacio a ellos. Con ese padre fue una excepción; su carácter jovial y su manera de ver la vida hicieron que lo viera con otros ojos. En cierta forma, se convirtió en el guía espiritual de su hermana mayor y amigo personal de la familia. Además, su figura le recordaba mucho a su padre y esto lo hacía especial en su corazón.

Al observar la fotografía, una luz se iluminó en su cerebro como un toque de magia. Él se recordó que entre las tantas profesiones que había obtenido el sacerdote, éste era profesor de literatura española. Sus ojos brillaron como una luciérnaga a media noche, porque a pesar de no haber tenido mucho contacto con él, siempre se mantuvieron relacionados. El cura había sido el guía espiritual de su primer retiro; estuvo entre los sacerdotes que promovieron el nacimiento del movimiento "JOCAHIM"; lo acompañó en el grupo "Damasco"; casó a muchos de sus amigos y fue quien lo ayudó a entrar a la universidad. Él sabía que este pan de Dios podía echarle la mano para la revisión final de su obra.

Al contactarlo personalmente, éste no lo decepcionó; se tardó como dos meses para su revisión porque era una persona muy ocupada. Al final, se encontraron en un restaurante para discutir sobre los errores gramaticales y algunas sugerencias personales. Éste había quedado impresionado con la obra y, a pesar de tener escenas muy coloradas, se ofreció para hacer el prólogo. Romax veía dos obstáculos caer de un solo golpe, cosa que lo ponía muy contento, pero el hecho de ver la satisfacción, en la cara de su amigo, le llenaba más su espíritu.

La escritura de la obra concluyó, en su primer machote, para el cumpleaños de su autor en el 2005, que como fecha especial, había caído en sábado de Gloria; dando un toque especial a su nacimiento, porque le daba la sensación de nacer de nuevo.

La búsqueda de una imprenta particular cayó en saco roto y se decidió por crear su propia empresa, pero las dificultades económicas y personales en la vida del escritor provocaron que sus sueños se estancaran en su silencio. Después de un largo camino de espera, donde fueron más amargas que dulces las fresas, su publicación, como tal, fue hecha en un corto tiraje de cincuenta tomos que fueron repartidos entre los familiares y amigos.

El libro salió bajo la firma de la editorial de "EDICIONES ROMAX", otro sueño que se realizó con ello. Claro que esta edición solamente pudo lograrse gracias al apoyo de sus amigos y familiares; él preparó una tarjeta de invitación en la cual decía: "¡Quiero compartir un sueño con mis amigos!". Ésta llevaba la portada del libro y, dentro de ella, el autor les decía: "amigos, deseo de todo corazón que ustedes sean parte de uno de mis sueños más queridos, publicar mi primera obra literaria que lleva por título "Romax, una historia de amor". Para mí, como ustedes lo saben, es importante compartir los sueños con las personas que se quieren y aprecian. Sé muy bien que lo que les pido es algo material, que me regalen una cantidad de dinero, cincuenta dólares, para cubrir los gastos de la primera edición. Por favor, no se sientan mal si no pueden colaborar; yo los comprendo y, al mismo tiempo, les pido perdón por este abuso de confianza. Su amigo de siempre, Romax."

El muchacho se había prometido devolverles el dinero a cada uno de ellos; además, les regalaría una copia autografiada. Para su sorpresa, la idea fue muy bien acogida y se reunió fácilmente el dinero para la primera publicación.

En ese tiempo, la salud de Juan Pablo Segundo se había deteriorado en los primeros días de marzo y todo el mundo estaba pendiente de su recuperación. El anciano había anulado casi todos los viajes, solamente había dejado en su agenda la jornada con los jóvenes porque para él siempre habían sido una prioridad. Él deseaba participar en ella, pero el sábado dos de abril, el mundo recibía la noticia de que el Papa había muerto. Las expresiones de condolencia se escuchaban por todos los medios de comunicación. El gran peregrino, se había apagado, pero con su muerte logró lo que muchos hubieran deseado hacer: que los ojos del mundo entero se posaron sobre él, presidentes, embajadores, políticos, religiosos y todas las personalidades del planeta se habían dado cita en el Vaticano para rendirle un último homenaje. Un gran hombre había muerto, éste había marcado la historia con su sabiduría, fortaleza y carisma cristiano. El próximo pontífice se elegiría quince días después y los rumores comenzaron a volar por los medios de comunicación como palomas en el aire.

Para Romax, lo importante era que el próximo Papa se daría cita con él en la ciudad de Colonia, Alemania. Juntos, como lo hizo con el anterior, orarían para pedir por la paz del mundo; invitarían a todos los jóvenes a darse el tiempo de conocer a su amigo Jesús; a luchar por los nobles ideales que buscan la igualdad entre los hombres; a proteger el medio ambiente que, poco a poco, se va deteriorando; a trabajar por los más débiles: niños, ancianos, mujeres, pobres, enfermos, etc. En esa jornada, los jóvenes se reunirían bajo el lema: "hemos venido a adorarte", porque según la historia, los reyes magos estaban enterrados en la catedral de esa capital.

Por esta razón, Romax quiso dejar en su libro una muestra de su pensar religioso, una carta que había escrito años antes. Esta se llamaba: "Si yo fuera Papa" y decía así:

¡Queridos amigos!

¿Cuánta responsabilidad recae sobre los hombros de una sola persona? Cuando Jesús le dijo a su discípulo Pedro: "sobre ti confío las riendas de mi iglesia", dejó sobre él una enorme responsabilidad, aunque en ese entonces eran los cimientos de lo que ahora se conoce como Iglesia. Verdaderamente sólo él sabía que este gran pulpo se extendería por los confines de la tierra y seguiría extendiéndose cada vez más. A los representantes de la Iglesia de nuestros días les espera una inmensa responsabilidad. Cada gesto, cada palabra será estudiada con lupa para ser aplaudidos por unos, y condenados por otros. No podemos negar la gran influencia que ha tenido y sigue teniendo la Iglesia en la vida de la humanidad. Muchos aciertos y muchos errores se han cometido en nombre de la fe, no tenemos que ir muy lejos para darnos cuenta. Por eso, siempre será motivo de crítica cada acto en contra de la persona porque Nuestro Dios es un Dios de amor en todo lo largo de su palabra.

¡Si yo fuera Papa!, esperando no serlo. Me gustaría verme siguiendo las huellas del carismático Nazareno, que con su humildad y amor a Dios, su padre, marcó la historia con su nacimiento. Solamente un hombre que posee a Dios en su alma es capaz de hacer lo que Él hizo: habló del gran amor de su padre y lo manifestó en cada palabra y gesto que hacía; fue consecuente en todo lo que dijo e hizo; en el poco tiempo que participó en la vida pública, nos mostró el camino a seguir para llegar al Padre y nos dejó sus huellas: el servicio, el amor, la fidelidad, la confianza, el respeto y la oración. "Amar al Señor tu Dios con todo tu corazón, con toda tu alma y con todo tu ser, y a tu prójimo como a ti mismo". Ese es el mandamiento principal para todo ser humano.

¿Quién fuera como él? alguien capaz de dar amor a todo el mundo. Amar hasta dar la vida por los demás. Fácilmente devolvía la dignidad a todo aquel que lo buscaba con verdadera fe. ¡Cuántos andamos con nuestra dignidad por los suelos! El proyecto de Jesús es actual, sencillo y va dirigido a los más pobres y desvalidos de nuestra sociedad. ¿Quiénes son hoy en día los más pequeños? Yo pensaría en los grandes problemas de nuestra sociedad: el SIDA, los ancianos, el hambre, las guerras, las drogas, el aborto, las pandillas, etc. Entre toda esa gente andaría Jesús.

Me sentiría mal si siendo el representante de Jesús en la tierra, viera gente que se viste de oveja llenándose la boca con las palabras de Jesús y, por el otro lado, sacando al lobo que esconde dentro para devorarse a los más inocentes con sus actos. Señalaría firmemente a quienes haciéndose pasar por servidores y enviados, terminan manipulando y utilizando a Dios para sus propios intereses. No aceptaría a aquellos que son elegidos servidores de Dios y buscan poder, en lugar del servicio.

Soy conciente que aquellos a los cuales Jesús amaba tanto; niños y mujeres son presa fácil del abuso de nosotros los hombres. La sociedad actual está basada en leyes que esclavizan a la humanidad; los mismos templos se han convertido en cuevas de ladrones y mercaderes; los políticos no se rigen por las leyes del pueblo, los poderosos son los que mandan; cada vez es más grande la distancia entre los necesitados y los que lo tienen todo. La religión la quieren ver actualizada a tal grado que cada persona quiere un Dios de bolsillo, "fast food" o de recambio. La gente quiere que Dios se adapte a cada uno de ellos, según sus conveniencias.

Pero por otro lado, también me encantaría presentar a todos esos sacerdotes, monjas, misioneros, laicos y todo aquel que lucha por la verdad y el amor. Pienso especialmente en Juan Pablo II, Monseñor Romero, Madre Teresa de Calcuta y tantos laicos que han muerto en todo el mundo. Estos han sido como pequeñas lucecitas que dan rayos de esperanza a la humanidad. Pienso, también, en los jóvenes que a pesar de encontrarse en un mundo que los bombardea de cosas negativas, se dan el tiempo de creer y actuar en nombre de alguien que no conocieron, pero que creen. ¡Felices los que creen y no me han visto!, decía Jesús. Es verdad, todos esos felices de corazón se pueden contar por millares.

Yo gritaría a todo el mundo: ¡Nadie de los bautizados debe ser excluido del derecho a acercarse a Jesús porque él abre sus brazos a todo el mundo sin discriminaciones ni favoritismos! Jesús no veía caras, colores o vestimentas; él veía solamente corazones en búsqueda de una luz que los guiara en las tinieblas de la vida. Dios quiere que todos seamos felices; que nos amemos los unos a los otros como él nos ama; que nos respetemos como templos de amor que somos; que seamos libres y no esclavos; que renazcamos a Jesús cada vez que tomemos su cuerpo y su sangre. Siempre tendremos la oportunidad de arrepentirnos. Él siempre nos espera con los brazos abiertos. Jesús es el camino, la verdad y la vida. Me gustaría decirles: ¡Este es mi amigo que quiere ser tu amigo!

El mensaje de Jesús es claro. No es una ley la que da la vida, sino el pan de vida. Por lo tanto, no consiste en memorizar una ley, oración o mandamiento, sino escuchando y aprendiendo a seguir el proyecto de

Jesús. La ley puede volverse falsa cuando los hombres la utilizan para vanagloriarse o como una manera de oprimir a los demás.

Yo, un ferviente admirador de María, madre de Jesús, les diría: "ella es pieza principal del proyecto de amor de Dios. En ella se manifiesta la humanidad toda entera; aceptó la bendición de Dios al decir: sí. Fue elegida y consagrada por el Espíritu Santo. Ella se abre a la gracia de Dios. Nos muestra el camino; pone toda su confianza en un Dios que no ve, pero que siente. Ella es la primera en confirmar la fe en un Dios de amor, convirtiéndose, a la vez, en la primera evangelizadora. Además, nadie puede decir que ama a Jesús y no acepta a María como su madre.

María ha sido desde el inicio, un puente verdadero para llegar hasta su hijo; quien, en las bodas de Caná, le obedeció tranquilamente. A mí en lo personal, no me importa si tuvo o no tuvo hijos. Yo la quiero, respeto y amo por ser la madre de mi amigo y un verdadero ejemplo a seguir. No necesito más argumentos, por eso siempre pido respeto a su nombre y a mi fe.

La aceptación del proyecto de Jesús nos debe hacer nacer como seres humanos, capaces de dar una respuesta amorosa a las exigencias de la vida. Amar a nuestro prójimo es primordial, pero debemos comenzar por amarnos nosotros mismos. El universo debería de ser una tarea de todos para crear juntos una familia de amor dónde el bien común se debe compartir y no privatizar. Pienso especialmente en el agua, el aire, los alimentos, la medicina, la naturaleza, etc.

Aceptar la mano de Jesús, es aceptar que tenemos la capacidad de hacer siempre el bien; de dar lo mejor de nosotros mismos, como un agradecimiento a todo lo recibido; de hacer de la justicia una realidad en nuestra historia; de que la libertad es mejor que la esclavitud y que los buenos deseos se pueden convertir en obras del bien común.

Me gustaría hablar de Jesús con tanto amor como lo hizo él mismo cuando nos hablaba de su Padre; tener ese toque de amor en todo lo que dice y lo que hace para demostrar con palabras y hechos que el amor es sinónimo de vida. Por esta razón, creo que defendería la vida por sobre todas las cosas y, de igual manera, me gustaría vivir hasta el último segundo que se me permita hacerlo. Me encantaría ver a todo el mundo con los mismos ojos, como seres humanos, dignos de amor y respeto.

Por todo eso pienso que denunciaría a los países que se dicen industrializados. En ellos recae la mayor parte de la culpa ya que éstos son los que ocasionan que los otros países vivan en una pobreza casi extrema; ellos son quienes provocan que la naturaleza, poco a poco, se vaya desvaneciendo; los que promueven las guerras para vender sus armas o simplemente porque desean apoderarse de algún tesoro natural.

Mi posición sería clara con relación a los sacerdotes y monjas, si encuentran que su vocación no es el sacerdocio que renuncien, pero que no quieran hacer dos cosas a la vez. Sería mejor tener a un laico comprometido que a un mal sacerdote. Aquellos que cometen actos criminales deberán ser llevados en justicia igual que cualquier bautizado.

Pondría mucha atención en el rol de la mujer en la iglesia, sé que por sus manos pasa el futuro de ésta y no porque un día podrían llegar a ejercer el misterio del sacerdocio. Ellas son la piedra angular por donde todos los seres humanos pasamos. A través de la mano de ellas, entramos al mundo de nuestra fe; son ellas quienes nos acompañan en todo lo largo y ancho de nuestra vida religiosa. Antes de nombrar a una de ellas, le preguntaría a Jesús por qué no nombró entre los doce apóstoles a una mujer, es bien sabido que muchas de ellas anduvieron a su lado. Quizás hay alguna razón que desconozco y mi poco amor no me da la sabiduría para comprenderlo.

En la liturgia, le diría a los sacerdotes que actualizaran los cantos con ritmos nuevos; algo de salsa, merengue, rock o balada no molesta al supremo y despertaría a los fieles. Si por casualidad me descubren bailando o cantando alguna melodía, les diría que Dios no quiere santos tristes, quiere hombres alegres. Que la mejor oración es aquella que pone alas al corazón y se deja impregnar por el amor del Espíritu Santo.

En conclusión, creo que no duraría mucho tiempo en ese puesto porque más de algún letrado, fanático, poderoso o inquisidor me llamaría blasfemo por considerarme amigo de Jesús. No me crucificarían, pero se las ingeniarían para lapidarme en plena plaza pública de san Pedro. De alguna parte saldría una bombita, un virus, un cohete teledirigido o algún rayo láser. Para eso, son muy buenos.

Lo bello de todo este mandato sería que lo haría por amor a un amigo. Porque formaría parte de esos locos que creen en las promesas de amor que dan libertad en la vida. Hasta hoy, nunca me ha fallado y creo que nunca me fallará. El Espíritu de Dios es perenne y nos acompaña siempre. Él es el único que demostró que la vida es más fuerte que la muerte, porque la venció. Por eso, seguir a ese hombre-Dios sería como dicen los cursillistas "Cristo y yo, somos mayoría aplastante".

Se despide el más pequeño de los católicos,

Romax.

El joven escritor quiso que en el inicio de su libro apareciera la frase de su abuelo que lo había marcado para toda la vida: "los sueños nunca mueren, quizás duermen o se esconden, pero al final: despiertan y comienzan a volar. Ellos no han nacido para morir. Un sueño nunca se destruye; se modifica, se trasforma o simplemente renace de una manera diferente. El amor de un sueño...es eterno".
Romax regresaba a la realidad en su ciudad de acogida, Montreal. La mariposa azul bajaba del cielo tan alegre y contenta como se había marchado; su imagen se reflejaba en los vidrios de las vitrinas de los almacenes y oficinas. Él, que no le había quitado la mirada, veía como ésta se posaba en la pasta de su libro. El chico, despertaba de un sueño profundo y placentero, volvía a la vida. La ciudad de Montreal abría sus brazos y lo cobijaba dulcemente. "Es grandioso realizar un sueño", pensaba mientras abrazaba su libro. Luego decía: "a pesar de que este libro se comenzó a escribir hace veinte y cinco años atrás, en mi pensamiento, mi corazón y mi alma, pareciera que no hace mucho tiempo que todo esto pasó. Es hasta este día que puedo decir verdaderamente: ¡Soy un escritor!", sonreía y se perdía entre la multitud que caminaba en la calle "Sainte Catherine", en el centro de Montreal.
El libro, bajo el brazo del autor rebozaba de felicidad al sentirse vivo. A partir de ese momento, comenzaba a realizarse su inmortalidad. Sin saber cómo ni por qué, al pensamiento le vino de improviso la imagen de su madre y se dijo: "por mi madre estoy aquí, por una mujer me encuentro aquí." Y así como venían siempre sus creaciones, se fue desenvolviendo su último poema que llevaba por título: "por una mujer".

¡Por una mujer!
He venido al mundo a beber el agua de la vida,
acariciándola desde el primer instante y haciéndola mía.
He tomado tragos amargos, pero también he saboreado

el sabor dulce de las alegrías.
¡Por una mujer!
Me he convertido en árbol verde y floreciente
que aún se mantiene firme en el bosque de la humanidad;
porque mis raíces fueron bien alimentadas y me han
sostenido ante los vientos fuertes de la tempestad.
¡Por una mujer!
He conocido el sabor a miel en los pechos tibios del amor
y de sus labios, también, he escuchado y sentido
lo penetrante que es el dolor.
¡Por una mujer!
Me he sentido poeta y he querido escribir poemas
que a lo mejor sólo son teoremas de mis propias vivencias
convertidas en cometas.
¡Por una mujer!
He contemplado el volar de una mariposa
y he descubierto como al arco iris aún le faltan colores;
y que entre las flores,
la preferida para mi, es la rosa.
¡Por una mujer!
Me he dejado llevar como va el río al mar,
a veces sigiloso, a veces turbulento;
que entre la calma y el canto,
he definido hundirme en su inmensidad.

¡Por una mujer!
Me he comportado arrogante ante los demás,
pero he cedido mansamente en su intimidad.
Intimidad de cálidos besos y dulce néctar
que me han hecho caer rendido sin vacilar
entre caricias y un tenue mirar.
¡Por una mujer!
He dicho y hecho tantas tonterías,
que para mi fueron melodías
que me ha dictado el corazón.
¡Por una mujer!
Me he escondido en el silencio de mi cuerpo,
silencio de mi cuarto

para encontrar la verdad que en mí se escondía,
caminando por las arenas de mi desierto,
vagando entre la noche y el día.
¡Por una mujer!
He llorado lágrimas de dolor
y maldecido a pecho abierto
el haber descubierto el lado oscuro del amor.
¡Por una mujer!
Me he sentido cerca de mis enemigos,
por ella he perdido más de un amigo
y por ello, me he sentido mal conmigo.
¡Por una mujer!
He dado gracias a la vida
y pienso que si alguna día la veo perdida;
sonreiré tranquilo
porque a través de una mujer
me he reconciliado con el Dios de la vida.

Al mismo tiempo, Romax, escuchó en su alma una melodía muy hermosa que le invitaba a cantar alto y fuerte su felicidad. Comenzó tarareándola muy suave, pero dulcemente las notas musicales se fueron transformando en palabras que brotaban del alma y su gozo fue inmenso al igual que su deseo de vivir. Era un hermoso día para ser y sentirse dichoso, para agradecer al Dios de la vida su bondad por haberlo creado en armonía con el universo que lo rodeaba. En ese momento hubiera deseado tener a toda su familia y amigos cerca para abrazarlos y decirles que los amaba.

« Une belle journée »

C'est une belle journée aujourd'hui
pour chanter la valse de la vie.
Pour crier, pour danser, pour aimer;
pour écrire notre nom dans l'histoire.

C'est une belle journée aujourd'hui
pour danser la valse de la vie.
Pour crier, pour danser, pour aimer;
pour saisir une étoile dans le ciel.

C'EST LA VIE, (C'est la vie)
LE CADEAU, (le cadeau)
DE L'AMOUR. (de l'amour) //
IL FAUT CRIER, DANSER, AIMER;
CAR LA VIE, ON LA VIE SEULE UNE FOIS.

Es un bello día ahora
para cantar un verso al amor.
Y gritar, y gozar, y amar;
y alcanzar una estrella fugaz.

It's a wonderful day today
for to sing a song to love.
For to cry, for to dance, for to play;
for to fly in the sky to night.

LA VIDA ES,   (La vida es)
UN REGALO   (un regalo)
DEL AMOR.   (del amor) //
HAY QUE GRITAR, GOZAR, AMAR.
PUES LA VIDA SE VIVE UNA VEZ.

THAT 'S LIFE, (That's life)
IT'S A GIFT   (It's a gift)
OF LOVE. (of love)//
YOU NEED TO CRY, TO DANCE, TO PLAY;
BECAUSE YOU LIVE ONLY ONE TIME YOUR LIFE.

FIN.

EPILOGO

Una historia a compartir

La vida solamente se comprende después de haber caminado una larga distancia y al final nos damos cuenta de que somos el fruto de nuestra propia historia; de que actuamos según los principios que nos rigen; de que somos lo que hemos querido ser, conciente o inconscientemente; de que la mayoría de las veces hacemos lo que odiamos hacer y no hacemos lo que nos gustaría hacer; de que nuestro orgullo muchas veces sobrepasa las fronteras; de que la verdad se viste de pordiosero y la mentira de dominguero; de que no es justo imponer secretos que nosotros mismos somos incapaces de guardar; de que nuestros actos, buenos y malos, siempre tienen consecuencias que se multiplican; de que muchas veces cargamos la cruz de los demás, sin necesidad.

Cada vida es una historia a compartir, un poema de amor a eternizar, una oportunidad de mejorar un pasado, una consecuencia de la perfección del tiempo. Cada uno traemos riquezas y bondades a ofrecer, sueños e ilusiones a perseguir; caminos y senderos a descubrir, montañas y desiertos que pasar; días y noches a deshojar. Somos una estrella en la inmensidad de las estrellas y nuestra luz brillará según el fuego que habite en nuestro interior; somos una obra de arte de la cual el autor está orgulloso de su creación porque aunque existan otras parecidas, nadie se nos puede comparar. Somos únicos, pero al mismo tiempo no estamos solos en este mundo porque compartimos espacio en el lienzo sagrado con otras obras; hablo de nuestros semejantes, las plantas, animales y peces. En otras palabras, somos parte la perfección de la naturaleza y en la realeza de tener una opinión podemos cambiar de posición.

Tenemos que ser conscientes de que existe un ser que nos ha creado, a él le llamamos "Dios", que puede ser el Dios de nuestros padres o aquel que hemos conocido por amor. El Dios de la creación no es malo, porque solamente aquel que es capaz de crear cosas bellas es el que tiene amor en su interior. Por ese simple hecho, haber tenido la oportunidad de formar parte de esta maravilla que llamamos universo es justo rendirle tributo y darle gracias, como decía Jesús: "hay que darle al Cesar lo que es del Cesar y a Dios lo que es de Dios".

Somos libres desde antes de nacer y es la sociedad quien nos pone cadenas en nuestro existir porque el egoísmo humano busca siempre su conveniencia. Todos somos libres de elegir el camino a seguir, teniendo en cuenta de que nuestra libertad no depende de la represión de la libertad de los demás.

En la historia de cada uno hay muchos que han llegado para dar una mano, otros para estar un rato; algunos para caminar un tramo de la ruta y otros para ser mis compañeros de un camino. Todos llegamos y aparecemos para aprender y enseñar algo; para ayudar a pasar un desierto, para ser peldaño de una escalera; para ser una escalera de muchos peldaños. El amor es el hilo que nos conduce por el sendero de la luz, nos ayuda a perdonar los errores cometidos; a amarnos de verdad para poder amar a los demás, a sentir la pena y el dolor de nuestros semejantes por pequeña o grande que ésta sea. A luchar a pesar de no tener fuerzas ni posibilidades de vencer; a creer que todo es posible, si se ama de verdad; a amar sin medida, ni final.

En algún momento de nuestra carretera tenemos que volver a comenzar de cero quizás porque la vida se ha dado cuenta de que nuestro camino se ha desviado de nuestro destino; quizás porque no hemos aprendido la lección que teníamos que aprender y perfeccionar; porque hay alguien o algo que tenemos que ayudar o que tiene que ayudarnos. Cada cosa, cada persona, cada situación, al final de cuentas se confabulan para realizar tu vocación en la vida. Y una vocación no es más que el verdadero sentido de nuestro pasar en este mundo. En ella, la persona se ve realizada. En ella, la persona se siente cómoda y feliz. En ella, Dios se hace vida para el bien de los demás. Nadie puede huir de su destino, nadie puede escapar por la eternidad; nadie puede vencer la muerte, si no lo hace por amor a los demás. Somos seres que nacemos, vivimos y morimos. Tenemos alma, que es el cuerpo de Dios; y espíritu, que es el vino del vivir.

Romax es la expresión de una vida que solamente ha sido comprendida después de tanto caminar. Es la historia de un hombre común como la de cualquiera, no mejor ni peor que las demás.

Cada persona tiene una linda historia de amor a compartir y dejar para la posteridad. En esta obra, detrás de cada canción, hay una historia; de cada poema, un amor; de cada cuento, una realidad escondida; de cada fábula, una lección a compartir; de cada carta, una reflexión a meditar, de cada mariposa, una espina menos en el espíritu y una estrella más en el cielo del amor.

Todos somos en algún momento de nuestra vida "un caite de Judas", por nuestras travesuras de niños; todos tenemos la necesidad en algún momento de nuestro existir, de "mariposas de papel" para echarlas a volar y ver como brillan en la eternidad, que no es otra cosa que la expresión de la juventud; todos nos convertimos en "hombres de corazón", cuando encontramos el verdadero sentido de nuestra vivir a través del amor de Dios y llegamos a la edad adulta.

El padre de Romax una vez le dijo: "cuando llegues a comprender que el principio es el final, y el final el principio, habrás encontrado la verdadera libertad de la vida". Al prepararse para poner el punto final de su obra, Romax comprendía que solamente comenzaba el camino hacia una nueva aventura.

"Un sueño es como una mariposa:
libre, aventurera y hermosa.
Es una frágil moza
que te seduce a distancia
y te enloquece con su fragancia.
Es como un horizonte:
te llama, te enamora y te suplica;
te espera, te guía y te implica;
te besa en los labios y en la frente.
Es fiel, perenne y duradero;
sutil, reservado y valiente;
un rebelde con causa prisionero.
Recuerda...los sueños nunca mueren."

Robert Maximiliam

"Breve descripción del Escritor"

Robert Maximiliam,

Seudónimo de Herbert Roberto Lemus Rivera, salvadoreño de nacimiento y canadiense por opción personal. Vivió en El Salvador hasta comienzos de los años noventa y tuvo que emigrar, como muchos compatriotas, por causa de la guerra civil. Canadá le abrió sus brazos para ofrecerle una nueva oportunidad de encontrar la paz tan añorada, su fe perdida y su vocación de escritor.

Su quehacer literario comienza a la edad de quince años, bajo la sombra del dolor de la pérdida de sus padres. Su inquietud de niño travieso se transforma en silencio bohemio de una juventud perdida. La necesidad de sacar de su alma las tristezas y alegrías, lo vuelcan a buscar un instrumento de expresión personal por donde pueda dar rienda suelta, en toda libertad, a su naciente romanticismo. La escritura nace, entonces, como la solución ideal que va forjando la personalidad literaria del autor.

Robert Maximiliam, además de incursionar en el género de la novela lo hace de igual manera en el cuento, la poesía, la fábula, la canción y las cartas abiertas.

ROMAX, una historia de amor. Es en sí, un extracto de varias obras resumidas en un solo volumen. Ahí aparece "El caite de Judas", "Mariposas de papel' y "Un hombre de corazón". Esta obra es solamente el sombrero con el cual el escritor saluda al mundo literario, sus treinta años vividos bajo el embrujo de las palabras guardan mariposas que esperan su turno para lanzarse a volar.

OTRAS OBRAS DE LA COLECCIÓN

EL CAITE DE JUDAS, primera parte
MARIPOSAS DE PAPEL, segunda parte

www.ingramcontent.com/pod-product-compliance
Lightning Source LLC
Chambersburg PA
CBHW020253130626
46549CB00005B/2192